福尔摩斯
探案全集
SHERLOCK HOLMES
血字的研究

[英]柯南·道尔 著
方玲 田丹 宋淼 编译

知识出版社

图书在版编目（ＣＩＰ）数据

血字的研究 / （英）柯南·道尔著；方玲，田丹，
宋淼编译. -- 北京 ：知识出版社，2016.2（2020.4重印）
（福尔摩斯探案全集）
ISBN 978-7-5015-8970-8

Ⅰ．①血… Ⅱ．①柯… ②方… ③田… ④宋… Ⅲ.
①侦探小说－英国－现代 Ⅳ．① I561.45

中国版本图书馆CIP数据核字（2016）第 037338 号

福尔摩斯探案全集　　血字的研究

出 版 人	姜钦云	
责任编辑	胡颖慧	
装帧设计	罗俊南	
出版发行	知识出版社	
地　　址	北京市西城区阜成门北大街17号	
邮　　编	100037	
电　　话	010-88390659	
印　　刷	保定市铭泰达印刷有限公司	
开　　本	889 mm×1194 mm　1/32	
印　　张	5	
字　　数	109千字	
版　　次	2016年2月第1版	
印　　次	2020年4月第4次印刷	
书　　号	ISBN 978-7-5015-8970-8	
定　　价	22.00元	

版权所有　翻印必究

前　言

19世纪，英国工业革命迅猛发展，社会结构和人文环境逐渐进入近代格局，社会刑事案件更加复杂多样。伴随着科技的突飞猛进，罪犯的作案技巧大为提高，与此同时，破案手段也日益进步。探案小说在这种历史背景下应运而生，英国侦探小说家柯南·道尔的"福尔摩斯探案全集"便是探案小说的顶峰之作。

柯南·道尔（1859—1930），英国杰出的侦探小说家、剧作家。生于苏格兰爱丁堡，父亲是政府建工部的公务员。他自幼喜欢文学，中学时曾任校刊主编。从爱丁堡医科大学毕业后，行医10余年后，改行撰写侦探小说。作品《血字的研究》几经退稿才得以发表，后以《四签名》闻名于世。代表作有《波西米亚丑闻》《红发会》《五个橘核》等。1894年他决定停止撰写侦探小说，于《最后一案》中让福尔摩斯在激流中死去。不料广大读者对此极端愤慨，提出抗议。柯南·道尔只得在《空屋》中让福尔摩斯复活回归，又写出了《巴斯克维尔的猎犬》《恐怖谷》等作品。因成功地塑造了侦探人物——夏洛克·福尔摩斯，柯南·道尔成为侦探小说历史上最重要的小说家之一，被誉为"英国侦探小说之父"。

"福尔摩斯探案全集"系列丛书包括《血字的研究》《四签名》《冒险史1》《冒险史2》《回忆录1》《回忆录2》《归来记1》《归来记2》《巴斯克维尔的猎犬》《恐怖谷》《最后的致意》《新探案》12本，

一共 60 个关于福尔摩斯的故事（56 个短篇和 4 个中篇小说）。这些故事主要发生在 1878 年至 1907 年间，以 19 世纪末的英国为背景，其中两个故事以福尔摩斯第一人称口吻写成，还有两个故事以第三人称写成，其余都是华生的叙述。

柯南·道尔笔下的夏洛克·福尔摩斯这个人物形象，第一次出现是在 1887 年发表的《血字的研究》中：他托着烟斗，头上戴着软布帽，手里拿着放大镜，身材消瘦而颀长。从《血字的研究》开始，大侦探福尔摩斯的形象便深入人心，时至今日经久不衰。侦探福尔摩斯代表着 19 世纪欧洲所崇尚的科学和理性，他的推理技巧让人为之惊叹，即便再复杂的案件他也能通过蛛丝马迹查得水落石出，甚至他的很多破案技巧对现在的刑侦学仍具有一定的启发意义。同时，福尔摩斯还是一个充满正义感的人，他行动力强，思维敏捷，关心社会治安和贫苦人民，身上闪烁着人文主义的美好光芒。但是他同样也有着不容忽视的缺点：性格孤僻，不愿与人交往，喜欢嘲讽别人，有着非常不健康的生活习惯，破案时为了达到目的甚至会触犯法律。然而，正是因为近乎神话的他有着这诸多缺点，我们才更觉得他真实鲜活。百余年来，他的故事从小小的贝克街传遍整个英伦，最终风靡全球。他的故事几乎被译成过任何一种文字，他的形象出现在众多影视作品当中，就如有人所说过的："每个时代都有福尔摩斯，但福尔摩斯没有时代。"

柯南·道尔的侦探小说叙事结构复杂严密，语言明晰清新，故事情节曲折离奇、引人入胜，充满了丰富的科学知识、紧张惊险的场面和克敌制胜的勇气与智慧。尤为值得一提的是，小说故事主题丰盈开阔，从多个侧面反映了当时英国社会存在的诸多问题，如谋财害命、通奸情杀、巧取豪夺、背信弃义等，这些犯罪现象，都关涉着当时的政治制度、法律制度与道德观念，因而本套丛书又富含着深刻的人文思想。此外，小说有着浓郁的时代气息，全面展现了维多利亚时代的伦敦市貌和风土人情，比如大雾中的泰晤士河、辚辚驶过的马车、轰隆隆的火车以及恬静的乡村风光、极具历史感的大宅和古堡等。福尔摩斯探案过程中的通信和交通的便捷与发达，在今天看来仍然令人为之惊叹。

由衷地希望本套丛书能为广大海内外"福迷"和所有的读者朋友们带来阅读的快乐。

目录 血字的研究
Contents

第一部分　医学博士约翰·华生回忆录

目录 血字的研究
Contents

第二部分　圣徒之国

第一部分

医学博士约翰·华生回忆录

一　夏洛克·福尔摩斯先生

　　我在 1878 年拿到伦敦大学的医学博士学位后便去了内特里，在那儿进修军医必修课程。课程刚结束，我就被派往诺桑伯兰第五火枪团担任军医助理。那时，第五火枪团驻扎在印度，还没等我赶到部队，第二次阿富汗战争就爆发了。我从孟买上岸，得知第五火枪团早已深入敌后，无奈之下，我只好与一群同样掉了队的军官继续赶路，最后终于在坎大哈找到了我所属的部队，开始工作。

　　可以说，很多人在这次战争中得到了晋升和荣誉，但我认为它只是一场灾难，因为我在调到巴克州旅参加迈旺德战役的时候，被一颗捷泽尔[①]子弹击中了。子弹打碎了我的肩胛骨，擦伤了锁骨下方的动脉。好在一个名叫莫瑞的勇敢的勤务兵救了我，他把我放在马背上，带我回到了我方阵地，让我幸免于难，否则我将成为嘎吉人[②]的俘虏。

　　枪伤未愈，加之长期的颠簸劳累，我的身体每况愈下，整个人变得十分消瘦。我和大批伤员被送到了后方的波舒尔医院，在那里经过一段

---

① 一种笨重的阿富汗枪的名称。

② 穆斯林士兵。

时间的调养之后，我的身体渐渐得到了恢复，可是不幸的事情又发生了，我染上了印度伤寒。一连数月我都昏迷着，仅剩下一口气。等我终于清醒逐渐好转时，却又因身体虚弱而被遣送回国。我在兵船"埃伦提兹"号上待了一个多月才抵达朴次茅斯，随后就开始了政府给我的为期九个月的调养假期。

在英国，我没有亲人和朋友，无牵无挂，所以自由得很，像空气，更像一个无业游民。到伦敦之后，我在伦敦河边的一个公寓里住了下来，过着百无聊赖的生活。很快，随着身上的钱越来越少，我的日子逐渐窘迫起来。我面临两种选择：要么住到乡下去，要么彻底改变现在的生活方式。最后，我选择了后者，决定离开这个河边公寓。

做出这个决定的当日，我在克莱梯利安酒吧门口遇见了斯坦福，他是我在巴次医院时的一位助手。我非常高兴，毕竟在举目无亲的伦敦能碰到一个熟人是非常难得的。虽然当时我们并不是很亲近，但我依然很激动，他看起来也兴致高昂，于是我顺势请他到霍尔本餐厅共进午餐。

我们一同上了车，车子在伦敦街市上缓缓前行。斯坦福吃惊地问我："华生，你这是怎么了，怎么瘦得皮包骨头？"

我简单地给他讲了一下我前阵子的经历。还没等我说完，车子就到了霍尔本餐厅。

进了餐厅之后，斯坦福继续听完我的讲述，他同情地说："可怜的人！那你今后有什么打算？"

我答道："我想找个便宜又舒服的房子住下，就是不知能不能找着。"

他说："奇了怪了，你是今天第二个跟我说这话的人。"

我吃了一惊，问道："第一个人是谁？"

"是个在医院里做化验的人。今天早上我还听他抱怨，说自己找了个好房子，就是租金太高，他一个人付不起，一时半会又没找到合租的人。"

"那太好了，我可以跟他合租啊！两个人总比一个人强。"

斯坦福听了这话，吃惊地望着我说道："估计你还没有听说过夏洛克·福尔摩斯这个人，不然你是不会想和他住在一起的。"

"什么意思？莫非他人品很差？"

"倒不是说他人品差，只是有点古怪罢了，他总是不停地研究这研究那的。事实上，据我所知，他是挺正派的一个人。"

我又问："他是一个搞研究的医生吗？"

"不是，其实我也不知道他整天都在研究些什么。他精通解剖学，还是一个一流的药剂师，却从未系统地学习过医学。他研究的那些东西都怪异得很，而且不成章法，他经常四处搜集和积累一些连他的教授听了都目瞪口呆的稀奇古怪的知识。"

"你从未问过他都在研究些什么吗？"我问。

"没有。他从不轻易向人透露心里话，即便在他滔滔不绝的时候。"

"那我倒想见一见他。"我说，"我现在身体不太好，不喜欢吵闹和刺激，如果与人合租就得找一个像他这样安静又好学的人。告诉我吧，我怎样才能见到他？"

斯坦福答道："我想，他现在八成在实验室。他这个人，要么一连几个星期窝在家里哪儿都不去，要么成天在实验室里工作。你要是愿意，咱们吃了饭就一起坐车去找他。"

"好啊，当然愿意！"我欣然答道。随后，我们又聊了聊别的事情。

在去医院的途中，斯坦福又向我介绍了一些有关那位先生的事情，并说："先说好了，要是你俩合不来，可别怪我。我不过是在实验室里见过他几次，对他仅有大概的了解。是你自己要求和他住在一起的，以后闹了矛盾我可不管。"

"如果真的相处不来，那就散伙，也不是多难的事。"说着，我盯着斯坦福问，"我看你好像很担心，是不是有什么问题？那人的脾气很糟糕吗？还是有什么别的缘故？你有话就直说啊。"

斯坦福笑了笑，说道："他这个人真的很难描述啊。我觉得他有点机械化，像冷血动物。有一次，他竟然拿着一小撮植物碱让他的朋友品尝。我知道，他其实没有恶意，只是想搞清楚同一种药物对不同人的效果罢了，而且我觉得他自己也会品尝的。他的求知欲实在太强了。"

"我觉得这没什么不好的啊。"

"是没什么不好，但多少有点不近人情。后来，我甚至看见他在解剖室里用棍棒抽打尸体，你说这事怪不怪？"

"抽打尸体？"

"是啊。他说是为了证明人在死后受伤，会造成怎样的伤痕。"

"刚才你不是说他不是学医的吗？"

"他真的不是。天知道他都在研究些什么！好了，到地方了，你自己去判断他是个什么样的人吧！"斯坦福说着和我一起下了车。我们拐进一条狭窄的小路，穿过一扇侧门，来到了一家大医院的楼下。我很熟悉医院这种地方。我们径直走上台阶，来到一条走廊。走廊很长，两侧的墙壁洁白无瑕，还有很多深褐色的小门；尽头是一段拱顶过道，十分低矮，通向我们的目的地——实验室。

实验室很大，四面摆着很多瓶瓶罐罐，中央是几张矮而大的桌子，桌上放着一些蒸馏器、试管和闪着蓝色火焰的本生灯。室内只有一个人，此时正坐在较远的一张桌子旁聚精会神地研究着什么。听到我们的脚步声，那人回头看了一眼，并突然高兴地跳起来，嘴里喊道："我发现了！我终于发现了！"他一边喊，一边拿着一根试管跑向我们，"我发现了一种试剂，它只有碰到血红蛋白的时候才会沉淀，其他的物质都不行。"瞧他那样子，简直比发现了金矿还高兴。

斯坦福给我们介绍道："这位是华生医生，这位是福尔摩斯先生。"

"你好，"福尔摩斯热情地握住我的手，手劲大得令人难以置信，他说，"看得出来，你去过阿富汗。"

"你是怎么知道的？"我吃惊地问。

"先不说这个，我们现在要谈的是血红蛋白的问题。"他咯咯地笑着说道，"难道你没看出我这一发现的重要性吗？"

我答道："我觉得，在化学上它的确很有意思，至于实用性……"

"这可是实用法医学近几年来的最大发现！难道你不觉得这种试剂

能准确无误地鉴别血液吗？请跟我来。"说着他便一把扯住我的袖子，把我拉到了他刚才坐下搞研究的地方。

"先弄点血。"他用一根细针刺了一下自己的手指，等手指上冒出血珠，他便用吸管吸了一滴血，"现在，我们把这一滴血与一升水混合，看，得到的混合液看上去简直与清水无异，血液所占的比重不到百万分之一。尽管如此，我相信我们还是会看到一种特定的反应。"说完，他将几颗白色结晶放进了混合液中，又往里头滴了几滴透明液体。不一会儿，混合液开始呈现出暗红色，一些棕色颗粒慢慢沉淀到了容器底部。

"哈哈！怎么样？"他拍着手，高兴得像个刚刚得到新玩具的孩子。

我说："确实非常精妙。"

"是的，简直妙极了！之前用愈创木液试验，得到的数据总是不准确；用显微镜检验血球也不太好，因为血迹一凝固显微镜就起不了什么作用了。现在，这种新的试剂解决了一切问题，无论血迹新旧都会有反应。你说，要是早点发现这种试剂该有多好，就不会有那么多罪犯逍遥法外了。"

"的确如此。"我嘟囔道。

"很多刑事案件就是卡在了这一点上。往往等案子发生好几个月后，才查到一个嫌疑犯，发现他的衣服上有褐色斑点，但即便是专家也不好判断那褐色斑点究竟是血迹、锈迹、泥迹还是其他什么东西的痕迹，就是因为他们没有可靠的检验方法。现在好了，现在我们有了夏洛克·福尔摩斯检验法。"

说话间他的眼睛熠熠生辉，他一边说还一边把一只手按在胸前鞠了一躬，仿佛在对一群给他鼓掌的观众致谢。

虽然他兴奋的样子让我觉得很奇怪，但我还是说："祝贺你。"

福尔摩斯继续说："去年，法兰克福发生冯·比绍夫一案，如果当时有这种试剂，那他一定早就被处以绞刑了。还有布莱德福的梅森、臭名昭著的莫勒、茂姆培利耶的洛斐沃以及新奥尔良的塞尔森等，我可以举出20多个案例来，只要用这种方法，都能起到决定性的作用。"

斯坦福听了，大声笑道："你简直就是犯罪案件的活档案啊，我觉得你可以去创办一份报纸了，名字就叫《警务旧闻报》。"

"嘿嘿，这样的报纸读起来一定有趣得很。"福尔摩斯说着把一小块橡皮膏贴在手指的裂口上。"我得小心些，"他转头笑着对我说，"因为我经常接触毒品。"他把手伸到我面前，那双手上早已贴满了橡皮膏，而且由于长期受到强酸侵蚀，颜色都已经变了。

"我们来是有事找你商量。"斯坦福在一个高高的三脚凳上坐下，并把另一个凳子用脚向我推了推，说道，"我这位朋友想找地方住，刚好我听你说要找人合租，所以我就把他带来了，让你们认识认识，你意下如何？"

福尔摩斯听了似乎很高兴，他对我说道："我看中了贝克街的一间公寓，我觉得咱俩合租挺合适的，如果你不讨厌烟味的话。"

"我自己也经常抽烟的，船牌烟。"我说。

"那就再好不过了。哦，我还会经常倒腾一些化学药品，也在家做

做实验，这个你不介意吧？"

"不介意。"

"让我再想想我的其他缺点，嗯，有时我心情不好，会一连几天都不说话，但你千万别以为我是生气了，等过一段时间，我自己就会好的。你呢？你有什么缺点需要说明吗？我觉得，两个人在合租之前最好能先了解一下对方的缺点。"

见他这样，我不由得笑着说："我养宠物，是一条小虎头狗；我非常害怕吵闹，因为之前神经受过刺激；我很懒，起床时间没个准儿。也许等我的身体恢复之后，还会有一些其他的坏毛病，但目前为止差不多就这些。"

他急忙问道："你觉得拉小提琴算吵闹吗？"

"那要看拉得怎么样了，"我回答说，"拉得好，我会觉得像仙乐一样动听；拉得不好……"

"嗯，那就没问题。"福尔摩斯高兴地说，"如果你还满意那间公寓的话，这事就可以这么定了。"

我问："咱们什么时候去看房子？"

"明天中午吧，你先来这儿找我，然后咱们一起去，把所有事情都定下来。"

"好的。那咱们明天中午见。"我握着他的手说。

等斯坦福和我离开实验室往我住的公寓走的时候，福尔摩斯又忙着去做他的化学试验了。

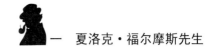

"我想问你一句，"我突然停住脚步，转过头去问斯坦福，"我很奇怪，他怎么知道我去过阿富汗？"

斯坦福笑得意味深长，说："这就是他不同于常人之处。大多数人都不知道他究竟是怎么看出来的。"

"嘿，有意思。"我搓了搓手，说道，"非常感谢你介绍我们认识，毕竟，研究人类最合适的途径是从具体的某一个人开始。"

"是的，你可以好好研究一下他。"斯坦福与我分别时说，"不过，我敢保证，你日后一定会发现，他是个很难研究的人，他对你的了解远多于你对他的了解。好了，再见啦！"

"再见！"我应了一声，然后径直走向自己的公寓。我觉得，今天我结识了一个非常有趣的朋友。

二 演绎法

第二天中午，按照福尔摩斯的安排，我们见了面，然后去贝克街221号看房子。房子共有两间舒适的卧室，一间宽敞通透的客厅，两扇明亮的大窗，还有一室赏心悦目的陈设——无一不令人满意。加上我们是两人合租，租金也合适，于是，我们当场决定将房子租了下来。当晚，我就收拾好东西搬了进去；第二天一早，福尔摩斯也拎了几个箱子和皮包搬了进来。接下来的一两天，我们都忙着整理房间，待一切妥当，我们也慢慢地适应了这个新环境。

我发现福尔摩斯其实并不难相处。他生活规律，为人沉静，每天晚上十点以前就上床休息，早晨又早早起床，总是在我起床之前就已经吃完早餐出门了。有时，他一整天都待在实验室或解剖室里；有时又会步行很远，似乎是去伦敦的贫民窟一带。他旺盛的工作精力几乎无人能望其项背，可是这勤奋的动力一旦消失，他就常常两眼迷茫地躺在客厅的沙发上一言不发，一整天都一动不动。若不是他平日里生活严谨，我真要怀疑他是不是个瘾君子了。

几个星期过去了，我对他的好奇心与日俱增。首先他的外表就非常

引人注目，他身高六英尺①以上，却异常瘦削，所以身材显得格外修长；他眼神犀利，当然，迷茫的时候除外；他细长的鹰钩鼻更显他的机警和果断；他的下巴方正而突出，令人一见便知他是个意志坚定的人；他被化学药品侵蚀的双手虽然早已布满斑点，但在摆弄那些化验仪器时又是那么灵巧、细致。在他摆弄那些精致易碎的化学仪器时，我经常在一旁默默地观察他。

请不要以为我是个无可救药的好事者。我承认，我的确对福尔摩斯有着强烈的好奇心，总想攻破他滴水不漏的防御壁垒——他从不谈论自己。但是，我的生活实在太单调、太无聊了：我的身体状况不允许我外出活动，除非天气特别晴朗；在伦敦，我又没什么朋友来访。唯一能吸引我注意力的，就只有福尔摩斯和他身上的秘密了。于是，我把绝大多数时间都花在揭穿这个秘密上。

他研究的的确不是医学，斯坦福的这个说法在福尔摩斯某次回答我的问题时得到了印证。在我看来，他搞研究既不像是为了获得学位，也不像是为了进入学术界，但他的工作热情高得惊人。他的知识库稀奇古怪，却十分渊博，因此常常语出惊人。毫无疑问，一个人如果不是为了某种明确的目的，绝不会如此细致、辛勤地工作，不会在各种细枝末节上花费精力，以获得如此准确、精湛的知识。

不过，他知识贫乏的一面与他知识丰富的一面同样惊人。关于现代文学、哲学和政治，他几乎一无所知。有一次，我引用了托马斯·卡莱

①一英尺等于 0.3048 米，六英尺约为 1.8 米。

尔[①]的文章，他竟然一脸迷茫地问我卡莱尔是谁，做过什么事情。最离谱的是，他竟然对哥白尼和太阳系学说一无所知。一个19世纪的知识分子居然不知道地球是围绕太阳运行的，着实怪异至极。

"你似乎非常吃惊。"见我神情异样，他微笑着说，"这很奇怪吗？就算我知道这些知识，我也会尽力忘掉的。"

"忘掉？"

"你要知道，"他开始解释，"我认为人脑就像一间空屋，我们必须有选择性地把东西往里放，不能一股脑儿全塞进去。不然，那些有用的就可能被挤出去，或者和一些没用的混在一起，等到想要拿来用时就困难了。所以，一个会学习、会工作的人，在往自己脑子里装知识的时候，总是非常小心、有条理地只把有用的装进去。如果你认为人脑这间屋子的墙壁有弹性，可以任意伸缩、扩充容量，那你就错了。相信我，总有一天，当你学习新知识的时候，就会把旧知识给忘了。所以，最重要的就是不能让有用的知识被无用的知识挤出去。"

我赶忙辩解道："可这是太阳系的问题啊。"

他不耐烦了，说道："这和我有什么关系？你说我们绕着太阳转，但就算是绕着月亮转，又与我或者我的工作有什么相干？"

我原本想趁机问他的工作是什么，但见他此种态度，害怕惹他不高兴，就作罢了。

我又回想了一下我们的对话，想从中找出一些可用的线索。既然他

---

① Thomas Carlyle，英国散文家、历史学家和哲学家，著有《英雄与英雄崇拜》等。

二 演绎法

说，他不愿学习对他无用的知识，那么他所拥有的一切知识自然都是对他的研究有用的。于是我默默列举了一下他精通的学科，然后用铅笔写了出来。写完一看，我不禁笑了。原来是这样：

夏洛克·福尔摩斯的知识范围

1. 文学知识：无。

2. 哲学知识：无。

3. 天文学知识：无。

4. 政治学知识：略懂。

5. 植物学知识：不全。非常了解莨菪制剂和鸦片，一般了解其他毒剂，全然不知实用园艺学。

6. 地质学知识：偏实用，但很有限。能一眼分辨不同的土质。他曾在散步回来后，指着裤腿上的泥点，根据其颜色和坚硬程度告诉我，是在伦敦什么地方溅的。

7. 化学知识：精通。

8. 解剖学知识：准确，但并不系统。

9. 惊险文学：非常广博，深知近一个世纪以来的所有恐怖事件的底细。

10. 小提琴拉得很好。

11. 善使刀剑棍棒，也精于拳术。

12. 关于英国法律，他的知识广博且实用。

　　写了这么多，但我非常失望，于是一把将纸条扔进火里，自言自语道："如果我根据这些信息找出一个需要所有这些本领的职业来，最后还是不能确定那家伙究竟在研究些什么的话，那我还真不如立刻打消这个念头。"

　　福尔摩斯说过他会拉小提琴。确实，他的小提琴拉得非常好，但也像他的其他本领那样有古怪之处。我知道他能拉一些曲子，而且是很难的曲子，他曾在我的请求下，拉过门德尔松的短歌和几首他喜欢的曲子。可一个人的时候，他却拉不出什么像样的曲子来。黄昏时分，他闭着眼靠在扶手椅上，信手拨弄着平放在腿上的小提琴。琴声时而高亢悲怆，时而神秘欢快，这显然反映了当时支配着他的某种情绪。但这琴声是否加深了他的这种情绪，或者只是一时兴起，我却不得而知。那些独奏十分刺耳，让我很不耐烦，若不是他常常在后面补上几首我喜欢的曲子，我早就暴跳如雷了。

　　在一开始的两个星期，没人来拜访福尔摩斯，我就以为福尔摩斯跟我一样，也没什么朋友。但不久我就发现，他认识很多人，而且三教九流各色人等，一应俱全。有一个面黄如土、眼睛又小又黑的人，福尔摩斯说他叫雷斯瑞德，每个星期都要来这儿三四趟。有天早晨，来了一个时尚的年轻姑娘，在这儿坐了半个多小时才走。当天下午，一个衣衫褴褛的老头儿来访，他头发灰白，神情紧张，看起来像个犹太商贩，身后还跟着一个蹒跚的老妇人。还有一次，来了一个白发绅士。后来又有一次，来了一个穿棉衣的火车上的茶房。

福尔摩斯每次都会请访客们到客厅商谈，而我只好到我的卧室回避。他常常因此向我道歉，说："我只能在客厅办公，他们都是我的顾客。"

我知道，这又是一次向他提问的好机会，但我还是认为，他不提自己的职业一定有某种原因，所以，我又没能开口。不曾想，不久之后他竟主动谈及此事。

那是 3 月 4 日，我记得很清楚。那天我不知为何起得比平时早，起来时发现福尔摩斯还没吃完早餐。由于我平时总是晚起，而房东太太知道这一点，所以没有准备我的早餐。我莫名地感到恼火，立刻按铃，告诉她我已经起床，让她马上准备早餐。我从桌上拿起一本杂志胡乱翻阅着打发时间，福尔摩斯则不声不响地啃着面包。我发现杂志上有篇文章做了记号，于是读了起来。

文章标题叫《生活宝典》，看上去有些浮夸。文章意在说明：一个人如果善于对所接触的事物都进行精确、系统的观察，那么他一定收获颇丰。我觉得，这篇文章虽然不失独到之处，但也难免荒唐；虽然论证过程严密紧凑，但得出的结论有些显得牵强、夸大。作者表示，他能从一个人瞬间的细微表情、肌肉牵动和眼球的转动来推测此人内心正在想什么。他还说，要想"欺骗"一个在观察和分析上训练有素的人是不可能的。他得出的结论简直和欧几里得定理一样准确，而对于那些门外汉来说，这些结论无疑是始料未及的，在他们弄清楚整个论证过程之前，也许真会觉得作者是个无所不知的神仙。

文章这样写道："一个逻辑学家，即便没有见过或听过大西洋和尼

加拉瀑布，也可以由一滴水推测出它们的存在。总之，生活就是一条巨大的链条，环环相扣，只要知其一环便可知其全部。推理和分析也是一门科学，需要持之以恒地潜心钻研才能掌握；而且，有些人就算倾尽毕生心血，也未必能够臻至完美。初学者可以先从简单的问题入手，然后再去研究更困难、更复杂的。比如，当你碰到一个人，要一眼看出他的来历和职业。这种训练虽然看似无聊，但能培养你的观察力，教你如何观察，观察什么。一个人的指甲、衣领、靴子、裤子的膝盖部分、食指和拇指间的茧子、表情、衬衣袖口等，都在清楚地表明他的职业。很难想象，一个查案的人，如果综合所有这些信息都不能推断出结论会是什么样子。"

读到这里，我把杂志往桌上一扔，大声说："简直一派胡言！我这辈子就没见过这么无聊的文章。"

"哪一篇？"福尔摩斯问。

"喏，就是这篇。"我坐下来吃早餐，并拿起一把小汤匙，指着那篇文章说，"我想你已经看过了，标题下面还用铅笔画了线。我承认这篇文章写得很不错，但看了之后就是让人生气。也不知是哪个吃饱了没事干的懒人，足不出户，还在家自己胡编乱造出这样一套煞有介事的理论，一点都不符合实际。我敢跟他打赌，试试把他丢进地铁的三等车厢里，我就不信他能把所有人的职业都说出来。"

"那你输定了，"福尔摩斯平静地说，"这篇文章是我写的。"

"你？"

"是啊。我在观察和推理两方面的才能都非常突出。我在文章里提到的那些理论或许看起来很荒谬，却非常符合实际，实际到帮我挣来了我面前这份干酪和面包。"

"你怎样靠它生活？"我不禁问道。

"哦，我有职业的，不过恐怕全世界干我这行的只有我一个人。我是个咨询侦探，我想你应该明白这是一份什么工作。在伦敦这个城市有很多侦探，官方的，私人的，他们一遇到问题就来问我，我则依据他们提供的所有证据和我对犯罪史的了解，想办法引导他们步入正轨。很多犯罪行为其实都有相似之处，如果你对一千个案子了如指掌，却解不开第一千零一个案子，那才是怪事一桩。雷斯瑞德是个有名的侦探，但是最近他被一桩伪造案整得焦头烂额，所以才来找我。"

"那另外那些人呢？"

"他们大多是私人侦探介绍过来的，遇到困难了，需要指点。他们叙述事情原委，我给出意见，然后收取应得的费用。"

"你的意思是，别人亲历亲见都解决不了，而你足不出户却能答疑解惑，是吗？"

"对。因为我有一种凭直觉分析事物的能力。不过，偶尔我也会碰上比较复杂的案件，那时就需要我亲自出门调查一下了。我只要把自己所拥有的那些特殊的知识应用到案件中去，难题往往就能迎刃而解。其实，刚才那篇文章里提到的几点推理法在我的实际工作中是非常有用的——虽然被你嘲笑了一番。观察是我的第二天性，和你初次见面时，

我就说过你是从阿富汗回来的，记得当时你还很惊讶。"

"一定有人告诉过你。"

"不，没有。当时我一看就知道了。出于习惯，一系列的信息飞快地闪过我的脑海，我立刻得出了结论。但是，这中间是有一定步骤的。关于你是从阿富汗回来的这件事，我的推理过程是这样的：'这位先生既有医务工作者的风范，又显出一副军人的气概，显然，他是一位军医；他脸色黝黑，手腕部分却黑白分明，说明他刚从热带回来；他神色憔悴，面容消瘦，看来是久病初愈，又奔波劳累多时；他的左臂显然负过伤，现在活动起来还有些僵硬。那么，一位这样的英国军医，还能去过哪里？自然只有阿富汗了。'这一连串的思考只用了不到一秒钟，所以当时我能立刻说出你是从阿富汗回来的。"

"你这样一说，这件事还真是简单得很哪！"我微笑着说，"没想到世界上还真有爱伦·坡[①]小说的主人公杜宾那样的人存在。"

福尔摩斯听后站了起来，点燃烟斗说："你是不是以为把我和杜宾相提并论就是在赞美我？但实际上，我认为杜宾真的不算什么。他得先思考一刻钟才能说出他朋友的心事，这样的伎俩实在太过刻意、太过浅薄。他的确有点分析才能，但肯定不是爱伦·坡想象中的天才。"

"那你读过加伯黎奥的作品吗？你觉得勒寇克这个人怎么样？他可算一个合格的侦探？"

---

①埃德加·爱伦·坡（Edgar Allan Poe，1809—1849），美国诗人、小说家和文学评论家，以神秘故事和恐怖小说闻名于世，被尊为推理小说的开山鼻祖。

福尔摩斯语带轻蔑，轻哼一声说道："除了精力过人这一点以外，勒寇克几乎一无是处。那本书不过是在讲述如何辨识不知名的罪犯，简直无聊透顶。我在 24 小时之内就能解决的问题，勒寇克却要花上半年的时间，有这工夫还不如去写本教科书，教教侦探们应该避免些什么。"

听他这样贬低我所钦佩的两个人我非常愤怒，我站起来走到窗边，望着窗外繁华的街道，自言自语道："他也许聪明绝顶，但太过骄傲自大了。"

"这几天都没什么案子，我都要失业了，有脑子也没处使。"福尔摩斯抱怨说，"我非常清楚，在侦查犯罪上，我既天赋异禀又对其研究甚深，这足以让我成名，结果却没有案子可以给我查。剩下的那些幼稚简单的案子，作案动机显而易见，连苏格兰场①的人都能轻易解决。"

他还在大言不惭，这让我的怒气有增无减，我决定换个话题，于是指着一个身材魁梧、衣着朴素的人说："这个人在找什么？"那个人正在街道对面走着，步履缓慢，神情焦急地寻找门牌号。他手里拿着一个大大的蓝色信封，显然是个送信人。

"你是说那个退伍的海军陆战队中士？"福尔摩斯说。

"又在吹牛。"我心中暗忖，"明知道我无法证实他的猜测。"

还未想完，却见那人看到我们的门牌号后飞快地从街道对面跑了过来，接着我们就听到楼下响起一阵急促的敲门声，然后是低沉的说话声，楼梯上沉重的脚步声。

①伦敦警察厅代称。

"这是给福尔摩斯先生的信。"那人一进屋就把蓝色信封交给了福尔摩斯。

好机会，我可以趁机挫挫福尔摩斯的锐气。他刚才信口开河，一定没想到事情会到现在这一步。我用尽可能温和的语气向送信人问道："小伙子，不知你的职业是？"

"我是信差，先生。"送信人粗声答道，"我的制服拿去补了。"

"那过去呢，过去你是做什么的？"我一边问，一边不怀好意地瞥了一眼福尔摩斯。

"我在皇家海军陆战队轻步兵团当过中士，先生。这位先生，没有回信是吗？好的，先生。"

送信人碰了一下后脚跟，立正敬礼，随后走了出去。

三　劳瑞斯顿花园街的惨案

福尔摩斯的理论的实用性又一次得到了证明，我感到惊讶不已，并开始钦佩他的分析才能了，不过我仍然心存疑虑，担心这一切都是他事先设好的圈套，为的是捉弄我，尽管我根本想不出他捉弄我的目的是什么。我转头看他，这时他已看完信，正双眼出神，仿佛在思考着什么。

"你是怎么推测出来的？"我问道。

"推测什么？"他粗声粗气地说。

"你是如何知道那个人是海军陆战队的退伍中士？"

福尔摩斯有些不悦："我现在没空解释这种琐碎的事。"接着，又含笑道："请原谅我的无礼，你刚才打断了我的思路，不过没事。这么说来，你看不出他以前是个海军陆战队的中士？"

"看不出。"

"其实，知道这件事容易，但要解释我是如何知道的却有点困难。这就好比你知道二加二等于四，这是毋庸置疑的，却不知道如何证明。那个人还在街道对面时，我就看见他手背上有蓝色大锚的刺青，那是海员的标志。他举手投足间又有军人气概，还留着军人式的络腮胡子。我们凭这些特点就可以判断，他来自海军陆战队。他的神态有些傲慢，昂

首挺胸，仿佛习惯了发号施令；他的外表看上去是个稳健沉着的中年人。据此，我推测他当过中士。"

"太神奇了！"我不禁喊道。

"这没什么。"福尔摩斯说。

不过，我发现，他见我一脸惊讶和钦佩，还是很高兴。

"才说没有案子呢，看来是我错了。你看！"他把刚才那封信递到我面前。

我大致浏览了一遍，不由地惊叫起来："啊，这可真恐怖！"

福尔摩斯却冷静地说："这事的确不一般。可否麻烦你把信大声念一遍？"

我答应了。信的内容如下：

亲爱的福尔摩斯先生：

昨晚，布瑞克斯顿路尽头的劳瑞斯顿花园街3号发生了一起凶杀案。今日凌晨两点左右，一名巡警忽然发现此处有灯光。该巡警素来知道此处无人居住，怀疑是否出了什么问题，便靠近查看。他到时发现房门大开着，室内空无一物，只有一具男尸。男尸衣着整齐，口袋里有名片，上面写着"易瑞克·德雷伯，美国俄亥俄州克利夫兰市人"等。现场既无被抢迹象，也未发现任何能说明死因的证据。屋内虽有几处血迹，但死者身上没有伤痕。我们百思不得其解，不知死者为什么进入空屋。我深感此案十分棘手，故希望你在中午12点之前亲临现场，我将在此恭迎。接到回复前，现场将保持原样。

若不能亲临，我亦定将详情尽数奉告，届时倘能得先生指教一二，则不胜感激。

托拜厄斯·格莱森敬上

福尔摩斯说："格莱森在伦敦警察厅中的确是位首屈一指的人物，他和雷斯瑞德都算是那群笨蛋中的佼佼者，两人机警、干练，却都思维刻板、因循守旧。他们俩经常明争暗斗，活像两个卖笑的妇人，互相猜疑妒忌。这个案子如果让他俩一起侦查，估计会闹出不少笑话。"

见他仍然如此镇定自若地侃侃而谈，我十分惊讶，大叫道："需要我帮你雇一辆马车吗？眼下是一分钟也耽误不得啊。"

"我还没有决定去不去呢！我确实懒得很，不过只在我那股懒劲儿上来的时候，平时我可是非常勤快的。"

"什么？你不是一直盼望着有这样一个机会吗？"

"我亲爱的朋友，这与我有什么关系呢？可以肯定地说，如果我解决了这个案子，格莱森和雷斯瑞德这帮人一定会把功劳全揽到他们自己身上，只因我是非官方人士。"

"可他在向你求助啊！"

"是的。他深知自己不如我，所以，当着我的面他会承认；但是，他宁愿割掉自己的舌头，也不愿向第三人承认此事。不过，咱们依然要去瞧瞧。我可以一个人破案，即便最后我什么都得不到，也能嘲笑他们一阵子。走！"

他匆匆披上大衣，看样子，他镇定自若的表情已经按压不住跃跃欲

试的内心了。

"戴上你的帽子。"他说。

"我也要去吗？"

"是的，如果你没什么事的话。"

短短一分钟后，我们便坐上了一辆马车，朝着布瑞克斯顿路匆匆驶去。

天色阴沉，浓雾弥漫，早晨的屋顶被一层灰褐色的帷幔笼罩着，与泥泞的路面相互对应。福尔摩斯兴致高昂，正对产自意大利克雷莫纳[①]的提琴——斯特拉迪瓦里提琴和阿玛蒂[②]提琴之间的区别发表长篇大论。我静静地听着，对他的滔滔不绝不置一词，这阴沉的天气和接下来要执行的任务让我实在提不起精神来。

"你好像并不关心你刚接的这个案子。"我终于开口打断了福尔摩斯关于音乐和提琴的演讲。

"这不是还没有任何材料吗？在掌握全部证据和线索之前就做出臆断和假设，此乃大忌，很容易导致判断失误。"

"材料就在眼前了。"我指着前方说道，"如果我没记错的话，这就是布瑞克斯顿路了，那儿便是事发地点。"

"没错。停车，车夫，快停车！"这时，我们离事发地点还有大约90米，福尔摩斯坚持要下车步行，我只好依他。

这里一共有四栋房子，远离街道，两栋有人住，两栋没人住，劳瑞斯顿花园街3号便是那没人住的其中一栋，看上去简直就是一座凶宅。

①意大利著名提琴产地，被誉为小提琴制作者的圣地。

②斯特拉迪瓦里和阿玛蒂都是世界著名小提琴制造家。

它临街的一面有三排窗子，窗上早已蒙尘，到处贴着"招租"的标语，就像眼角的白翳。想必是久无人住，房子看上去荒凉得很。每栋房子和街道之间都隔着一片小花园，花园里杂草丛生，中间有一条黄色小路，是用黏土和石子铺成，因为昨夜的大雨，路面早已泥泞不堪。花园四周围着大概三英尺高的墙，墙头上装着木栅栏，几个闲人在墙外朝屋内翘首张望着，一个身材高大的警察正倚在墙边。

我以为福尔摩斯会不由分说，马上冲进屋内开始调查，谁知他一副漫不经心的样子，不慌不忙地在人行道上走来走去。我心中嘀咕着：都这时候了，还在装腔作势。我见他一会儿低头看看地面，一会儿抬头看看天，一会儿又看向对面的房子和墙头上的木栅栏。随后，他又慢慢走上那条黄色小路，开始仔细观察小路的路面。确切地说，他是横跨了路边草地才走上去的。我看见他中途停顿了两次，有一次还露出了满意的笑容，轻轻欢呼了一声。我不明白，福尔摩斯究竟能从这条泥泞又潮湿的小路上发现什么，警察们来来往往，脚印早已多得杂乱无章。不过，我相信他一定能看出些什么，一些我所看不见的东西。因为，上次他已经向我证明了他敏锐的观察力，这些我都记忆犹新。

走到门口，一个高个子跑过来迎接我们，他有着浅黄色的头发，白皙的脸庞，一手拿着笔记本，一手热情地去握福尔摩斯的手。他说："太好了，您终于来了。现场原封不动。"

"除了那里！"福尔摩斯指着那条小路说，"就算是一群水牛也未必能把小路踩成那个样子吧！格莱森，你是不是已经得出了结论，所以才让他们那样做的？"

　　格莱森神色有些慌乱，推脱说："不，我负责屋内的事，外面都是我的同事雷斯瑞德在看着。"

　　福尔摩斯看了看我，然后扬了扬眉毛，讽刺道："有你和雷斯瑞德两位大侦探在，其他人自然是不可能有什么新发现的。"

　　"我们已经尽力了，"格莱森看上去十分得意，他搓着双手说，"这个案子确实非常离奇，不过这正合您的胃口，不是吗？"

　　福尔摩斯问："你是坐马车来的？"

　　"没有，先生。"

　　"雷斯瑞德呢？"

　　"也不是，先生。"

　　"好。那我们进去看看吧。"

　　问完这几句莫名其妙的话后，福尔摩斯便大步走进屋内。格莱森一脸惊讶地跟在后面。

　　屋内有一条过道，很短，通向厨房，过道上没有铺地毯，早已落满灰尘。过道两侧各有一扇门，一扇显然已经很久没有打开过，另一扇通向餐厅，案发现场就在餐厅里。我跟在福尔摩斯后面走了进去。因为那具尸体，我心情十分沉重。

　　餐厅很大，呈方形，由于没有摆设家具显得更加宽敞。墙面上廉价的花纹壁纸大多已霉迹斑斑，有几处甚至剥落了一大片，露出黄色的墙壁。餐厅的壁炉正对着门，炉台一端放着一小截红蜡烛，壁炉框则用白色的仿大理石做的。厅内只有一扇窗，早已污浊不堪，导致整个房间十分昏暗，加之四面灰尘堆积，整个餐厅显得十分沉闷。

这些都是我后来才观察到的，因为我一进餐厅，就被那具恐怖的尸体吸引了全部的注意力：死者躺在地上，失去光芒的眼睛瞪着褪色的天花板。他看起来四十三四岁，中等身材，肩膀宽阔，黑色鬈发，短硬胡子，上身是厚厚的黑呢礼服和背心，装着洁白的硬领和袖口，下身是浅色裤子，旁边地板上放着一顶整洁的礼帽。他双臂张开，双腿交叠，两拳紧握，看得出来，他临死前曾痛苦地挣扎过一番。他的面部表情虽已僵硬，但仍然十分恐怖，龇牙咧嘴的，看样子非常生气。加上他前额低平，鼻子扁塌，下巴突出，活像一只做鬼脸的猿猴。我平生见过不少死人，却从未见过这样恐怖的。

"这个案子肯定会轰动全城的，先生。"雷斯瑞德站在门口跟福尔摩斯打招呼，这位瘦削而有风度的侦探说，"我办了这么多年案子，可从没见过这么离奇的。"

"有新线索吗？"格莱森问。

"完全没有。"雷斯瑞德回答道。

福尔摩斯走近尸体，跪下来仔细检查。"你们确定死者身上没有伤痕吗？"他指着四周的血迹问。

"确定没有。"两个侦探异口同声地说道。

"那这些血迹肯定是另一个人的，很有可能是凶手的。如果是凶杀案，格莱森，我想起了1834年富瑞克特的凡·简森的死状，你还记得那个案子吗？"

"不记得了，先生。"

"你真该回去把那个案子的资料重新读一读。这世上本就没多少新

鲜事，大多是前人做过的，有前例的。"

福尔摩斯一边说，一边用灵活的手指摸摸这儿，按按那儿，还解开死者的衣服扣子仔细检查。他的双眼又在出神了。他检查得非常认真而且迅速，这有些出乎我的意料。最后，他闻了闻死者的嘴唇，又看了看死者漆皮靴子的鞋底。

"没人动过尸体吧？"他问。

"除了必要的检查外，没有动过。"

"好，没什么需要检查的了，"福尔摩斯说，"现在可以送去埋葬了。"

早有四个人抬着一副担架在外候着了，这是格莱森之前准备的。格莱森招呼他们进来，将尸体抬出去。当他们抬起尸体时，一枚戒指滚落在地板上，雷斯瑞德连忙捡起，仔细查看。

"这是女人的结婚戒指，"他叫道，"一定有女人来过这里！"

说着，他把戒指展示给大家看。我们看了，那是一枚朴素的金戒指，确实是给新娘用的。

"这不是更加扑朔迷离了吗？案情本来就已经够复杂的了。"格莱森说道。

"你怎么就知道它不会让案子变得更简单呢？"福尔摩斯说，"这么傻瞧着它没什么用。你刚才从死者口袋里都查出了什么？"

格莱森指了指最后一级楼梯上的一小堆东西，说道："喏，都在这儿了。一只伦敦巴洛德公司制造的金表，编号97163；一条贵重的爱尔伯特金链；一枚刻着共济会会徽的金戒指；一枚虎头狗脑袋形状的金别针，狗眼是两颗红宝石；一个名片夹，里面的一张名片上印着'克利夫兰市，易瑙克•德雷伯’，名字的首字母和衬衣上的三个缩写字母‘EJD’相吻合；还有少量零钱，一共 7 英镑 13 先令；一本袖珍版的乔万尼•薄伽丘的《十日谈》，扉页上写着约瑟夫•司特吉逊；最后是两封信，一封是给德雷伯的，一封是给约瑟夫•司特吉逊的。”

“信是寄到哪儿的？”

“寄到河滨路美国交易所，由本人自取。这两封信都是从盖安轮船公司寄出的，信上告诉他们，轮船何时离开利物浦。由此可见，他本来是要回纽约的，真是个倒霉的家伙！”

“调查过司特吉逊吗？”

格莱森说：“我已经朝这方面调查了，先生。广告稿我也送到报社了，还派人去美国交易所打听消息，那人还没有回来。”

“克利夫兰市呢，你们联系了没有？”

“早上就发了电报。”

“电报里怎么说的？”

“我们详细说明了案子的情况，还表示，如果他们有任何有用的线索，希望尽力提供。”

“你有没有提到关键性的细节？”

“我提了司特吉逊。”

“没问别的？整个案子难道就没有一个关键性的问题吗？你就不能再发个电报吗？”

“该说的我都说了！”格莱森有些生气。

福尔摩斯暗暗笑了笑，刚要张口说些什么却见雷斯瑞德从餐厅走出

来，他搓着手，颇有些自鸣得意。刚才我们在外面说话时，他一个人不知道在餐厅里面做什么。

他说：“格莱森先生，就在刚才，我发现了一条非常重要的线索。多亏我仔细检查了墙壁，不然就漏掉了。”他两眼放光，得意的神色溢于言表，仿佛相比他的同事而言，他的重大发现棋高一着。

“请跟我来。”说着，他带领大家来到餐厅。尸体已经被抬走，室内的空气清新了不少，“好的，请大家先站在那儿。”

他拿出一根火柴，在靴子上划燃了，照向墙壁。

“你们看！”他非常得意地说。

墙角上，就在花纹壁纸剥落后露出黄色墙壁的地方，有一个用鲜血写成的“RACHE（瑞奇）”，字迹有些潦草。

“你们怎么看？”雷斯瑞德侦探大声说，语气就像马戏团的老板正在炫耀自己的把戏，“大家都没发现这块字迹吧，没人想到要来这儿看看，那是因为它写在屋中最黑暗的角落。这一定是凶手用自己的血写的，你们看，还有往下流的血迹。单凭这一点，我们就可以断定死者不是自杀。那么，为什么把字写在这个角落呢？你们看壁炉架上的红蜡烛头，我告诉你们，当时蜡烛一定是点着的，因为如果这里燃着蜡烛，那这个角落就是最亮的地方。”

“好吧，就算你发现了这个，但又有什么意义呢？”格莱森言语轻蔑。

“当然有意义，这说明写字的人是想写一个女人的名字：‘瑞秋（Rachel）’，只不过由于某种原因没有写完而已。等案子水落石出后，一定会和一个叫‘瑞秋’的女人有关系，记住我说的。福尔摩斯先生，

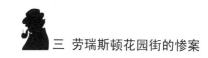

你现在可以对我不屑一顾，你或许真的料事如神，但说到底，姜还是老的辣。"

我的同伴福尔摩斯听后不禁一阵大笑，笑声惹恼了小个子侦探雷斯瑞德。"非常抱歉，"福尔摩斯说，"的确，你是最早发现这个字迹的人，功劳自然归你。你的推断也没错，这充分说明，血字是昨晚的凶杀案中的另外一个人写的。我还没有检查过这间屋子，如果你允许的话，我想现在就开始检查。"

他一边说，一边迅速从口袋中掏出一个卷尺和一个大大的圆形放大镜，拿着它们在屋子里来回走动着检查，一会儿站住，一会儿跪下，一会儿又趴下；嘴里还自言自语地嘀咕着什么，有时惊叫一声，有时叹一口气，有时又吹声口哨。他工作得全然忘我，估计连我们的存在都忘记了，看见他这样，我想起了那些训练有素的猎犬，它们总是在丛林里来回穿梭，直到嗅出猎物的踪迹才肯罢休。福尔摩斯大概检查了20分钟，测量了一些我看不出的痕迹之间的距离，还量了量墙壁，又小心翼翼地把地板上某一块地方的灰色尘土装进一个信封里，最后，他透过放大镜非常仔细地观察了墙壁上的血字。终于，他满意地将卷尺和放大镜收回了口袋里。

"听人说，天才其实就是一种能够吃苦耐劳的本领。虽然这个说法很不准确，但用在侦探工作上还是比较合适的。"

格莱森和雷斯瑞德好奇地看着这位私家侦探的行为，眼中略带轻蔑之色。显然，他们并不明白，福尔摩斯的一举一动都有着明确而实际的意义——虽然我也是最近才开始领会这一点。

"你有什么新看法吗，先生？"两人齐声问福尔摩斯。

"我要是帮你们，就是在跟你们抢功劳了。"福尔摩斯语带讥讽地说，"现在案子进展顺利，我不便插手。当然，如果你们愿意随时报告查案的进展，我也可以从旁协助一二。对了，你们能告诉我那个巡警的姓名和地址吗？就是那个发现尸体的巡警，我想和他谈谈。"

"他叫约翰·兰斯，地址是肯宁顿花园门路奥德利大院 46 号。"雷斯瑞德看着自己的记事本念道。

福尔摩斯记下了地址，说："咱们走吧，华生，找那位巡警去。"又转头对两位侦探说："告诉你们几件非常有用的事：首先，这是谋杀，凶手是个身高超过 6 英尺的中年男人，抽印度雪茄，鞋子是粗皮方头靴，脚偏小；其次，他和死者一起坐一辆四轮马车来到这里，拉车的只有一匹马，马的右前蹄的蹄铁是新的，剩下三只都是旧的。另外，凶手面色很红，右手指甲很长。哦，这不过是一些表象，可能会派上一点用场吧。"

雷斯瑞德和格莱森尴尬地对视了一眼，面露怀疑地笑了笑。雷斯瑞德问："你说是谋杀，那他是怎么杀的呢？"

福尔摩斯简洁地说出两个字："毒杀。"然后大步流星向门外走去，刚走到门口，又回头对雷斯瑞德说："在德语里，'瑞奇'是'复仇'的意思，所以你就不用在'瑞秋'小姐身上浪费心思了。"

福尔摩斯说完便转身走了，只留两位侦探傻傻地愣在原地。

四　巡警兰斯的叙述

下午一点，福尔摩斯和我告别了劳瑞斯顿花园街 3 号，来到附近的电报局，发了一封长电报，然后叫了一辆马车，吩咐车夫送我们到兰斯的住处。

"直接取证比什么都重要，"福尔摩斯自信地说，"虽然我对此案早有定论，但该查的还是得查清楚。"

"我感到很奇怪，福尔摩斯，"我说，"你对刚才描述的那些细节真的那么有把握吗？难不成是假装的？"

他回答道："非常有把握。我来解释给你听吧。首先，我一到案发现场附近，就发现马路边有两道深深的马车的车辙印，于是马上断定是昨晚留下的。因为，除了昨晚下过雨，之前一周都是大晴天。还有马蹄印，4 个马蹄印中，有一个比其他三个清楚得多，说明这只马蹄的蹄铁是新换的。另外，依据格莱森的描述，今天早上是没有马车经过此地的，所以可以推断，这辆马车昨晚一定在那里逗留过。综合这些，我知道，就是这辆马车把那两个人送到了案发现场。"

我说："经你这么一说，好像真的非常简单。但是，那个人的身

高你又怎么解释呢？"

"这个啊，八九成的人身高都是可以通过步幅来计算的，虽然计算方法很简单，但在这个当口，从头到尾一一教给你也没什么用。我只需要告诉你，我是从房子外头的泥土地和房子里头的灰尘测量出来的。而且，我还发现了一个检测结果准确性的有力证据——墙上的血字离地刚好 6 英尺。一般人在墙上写字，多半会写在与自己视线高度差不多的地方。怎么样，很简单吧，简直小菜一碟。"

我又说："还有年龄问题呢？"

福尔摩斯答道："年龄也没有丝毫疑问。你想，一个老头儿能轻轻松松一步跨过 4 英尺半的水坑吗？门前花园里就有个这么宽的水坑，穿方头靴子的人是直接跨过去的，穿漆皮靴子的人却是从水坑侧面绕过去的。这些从水坑边上的脚印就能看出来。我不过是运用了一下我那篇文章里提到的观察和推理的方法。还有疑问吗，华生？"

我补充道："还有印度雪茄和指甲长度。"

"我曾集中精力研究过雪茄烟灰，还写过这方面的论文。无论是名牌还是便宜货，我只要看一眼就能马上断定。我收集了一些落在那间空屋地板上的烟灰，那些烟灰的特征只有印度雪茄才有——颜色很深，呈起伏状。至于指甲的长度，我用放大镜观察过墙上的血字，是有人用食指蘸着血写成的，但他在写的时候刮掉了一些墙上的粉末，指甲不长是不会这样的。所以说，这些细节正好体现了一个成熟、老练的侦探与格莱森、雷斯瑞德等人之间的不同。"

"你怎么知道他面色很红？"我还不死心。

"哦，这个推测相对大胆一些，不过我对自己有信心。现阶段你还是不要追究这个问题了。"

"真是玄之又玄，我有点糊涂了。"我摸了摸自己的额头说道，"你说有两个人，那这两人是怎么进屋的？那个马车车夫呢？凶手是怎么给死者下毒的？目前看来不像是为了钱财，那他的目的何在？血迹是谁的？那枚女式金戒指又是怎么回事？最重要的是，凶手在墙上写下'复仇'有何意图？还是德文的。这一连串的问题之间有什么联系吗？"

福尔摩斯面露赞许之色，说道："总结得非常好，简明扼要。我虽然已经对案子的脉络了然于胸，但一些细节问题仍然不是很清楚。不过，有一点我可以告诉你，关于血字，那其实是故布疑阵，想误导警察，让警察以为罪犯来自某个秘密党派或者团体。而且我几乎可以确定，写字的不是德国人，而是个拙劣的模仿者。因为德国人写出的'A'通常是拉丁字体，而这个血字里的'A'却是仿照德文字体写的。现在看来，此举真是有些画蛇添足了。好了，华生，我就说这么多吧，魔术师一旦公开了魔术的真相，就得不到众人的赞扬了。倘若你知道了太多我的工作方法，一定会以为我只是个平凡人。"

"不会的。"我连忙答道，"我相信，假以时日，侦探学一定能发展成为一门科学，而你如今已经搭起了它的所有框架。"

听我说得坚定而诚恳，福尔摩斯高兴得涨红了脸。很早之前我就发现了这一点，每当别人夸赞他在侦探学上的成就时，他都会面色羞

红得如同一位被人赞扬自己美貌的姑娘。

　　"好吧，那我再告诉你一点。"福尔摩斯说，"那两个人是乘坐同一辆马车来的，而且似乎关系非常友好，很有可能还是勾肩搭背地经过花园中的泥泞小路的。进屋后，他们在里头来回走动，哦，确切地说，是穿方头靴子的人在来回走动，穿漆皮靴子的人只是站在原地。不过，穿方头靴子的人显然越来越激动，这一点从地板上的灰尘中就可以看出，因为他的步伐越来越大。他一边走，一边不停地说话，终于，他愤怒了，然后惨案就发生了。好了，这是我知道的所有情况了，这些情况为我们开展调查打下了很好的基础，还有一些猜测和推断我就不便多说了。下午我还要去听音乐会，那可是诺尔曼·聂鲁达的小提琴演奏。咱们得抓紧时间了。"

　　说话间，我们的马车穿过伦敦的大街小巷，来到了一条脏乱不堪的巷子口。车夫停了车，指着一条狭窄而昏暗的巷子对我们说："那里便是奥德利大院，我就在这里等你们。"

　　我们穿过狭窄的小巷，来到了一个不太雅观的大院，院子呈方形，四周是几座简陋的民房，院子的地面铺的是石板。我们往 46 号走去，途中有些正在玩耍的孩子，浑身脏兮兮的；一根根晾衣绳上的衣服也早就晒得褪色了。我们来到 46 号门口，见门上挂着一个小小的铜质门牌，上面写着"兰斯"二字。我们上前询问，才知道兰斯巡警正在睡觉，我们只好拐到前面不远处的小客厅里等候。

　　兰斯很快就出来了，但脸上不太高兴，应该是被人惊扰了好梦，心中不悦。他不耐烦地说："该说的我都说了。"

福尔摩斯见状，一边从口袋里掏出半英镑金币放在手中把玩，一边说："我希望你从头到尾、一五一十地再叙述一遍。"

兰斯一见金币，马上两眼发直，殷勤地说："非常愿意效劳，我一定知无不言，言无不尽。"

福尔摩斯说："那么，我们就洗耳恭听了。你开始吧。"

兰斯好似打定主意和盘托出一般皱了皱眉，在马毛呢沙发上坐下后说道："好，那我从头开始说。我每天的巡逻时间是晚上 10 点到第二天早上 6 点。昨晚，除了 11 点的时候有人在拜哈特街打架之外，其他地方都很平静。到了凌晨 1 点，天开始下雨，我碰到了在荷兰树林区巡逻的海瑞·摩奇。我们站在亨利埃塔街一个拐角的地方聊了一会儿，然后，大概到了 2 点钟，或者 2 点稍过一些的时候，我寻思着是该去布瑞克斯顿路转一转了，那条路又偏僻又不好走，道路非常泥泞。来到布瑞克斯顿路，路上只有一辆马车经过，除此之外几乎没个人影。我慢悠悠地走着，心想要是有壶热酒在手该有多好，还可以暖暖身子。就在这个时候，我突然发现那栋房子的窗户有灯光，心中一惊，怀疑出了什么问题。因为我知道劳瑞斯顿花园街有两栋空房子，一直无人居住，其中一栋的最后一个房客还是死于伤寒病，但那个房东一直不愿意修下水道。于是，我走到房子门口——"

"但是站住了，"福尔摩斯突然插嘴道，"转身又往回走，走到了小花园的门口。我不明白你为什么这么做。"

兰斯一下子从沙发上跳了起来，大惊失色地盯着福尔摩斯说："上帝，的确是这样。可您是怎么知道的啊，先生？这太不可思议了。"他继续说："走到门口时，我觉得那里太冷清、太阴森了，自己又孤身一人，所以觉得应该找个人和我一起进去才行。活人我倒不怕，就怕死人。您想啊，万一就是那个死于伤寒病的人在修下水道呢？当初就是那坏掉的下水道要了他的命。我吓得掉头就走，回到大门口，想看看摩奇是不是还提着灯在附近转悠。可我没看见他，别说他了，路上一个人影都没有。"

"真的一个人也没有？"

"没有，先生。连狗都不见一只。没办法，我只好勉强往回走，在心里自己给自己打气。我推开门，发现屋里非常安静，于是朝着那个有灯光的房间走去。来到房间门口，我看见壁炉上点着一支红蜡烛，烛光摇曳着，接着我就发现——"

"接下来的事情我都知道了。"福尔摩斯说，"你在房间里走了几圈，然后在尸体旁跪了下来，之后又去推厨房的门，再然后——"

约翰·兰斯又跳了起来，这次他一脸惊恐，眼中充满了疑惑，他大声说："这些事您不可能知道啊！快说，当时您躲在什么地方？怎么看得这么清楚？"

福尔摩斯笑着拿出自己的名片，递给桌子对面的兰斯看，"可别这样，别把我当成凶手。我是猎犬，不是狼。格莱森和雷斯瑞德都知道这一点。好了，你接着说吧，后来怎么了？"

兰斯一脸狐疑地坐了下来，说："后来，我赶忙走到大门口，吹响警笛，摩奇以及另外两个警察听到声音都赶了过来。"

"那时街上有什么异样没有？"

"没有。但凡规矩些的人，那时候都应该回家了。"

"怎么讲？"

"我虽然见过不少醉鬼，但从没见过醉成那样的。"兰斯笑着说，"我出来时，看见他正倚在门口的栏杆上，扯着嗓子唱科伦拜恩①唱的那些小曲。他连站都站不稳，真是没办法。"

福尔摩斯插嘴道："他是谁？外貌如何？"

兰斯好像不太喜欢自己的叙述经常被打断，他不高兴地说："就是个不多见的醉鬼，要不是我们正忙着处理刚发现的情况，早就把他送到警察局了。"

"你留意了他的脸没有，还有服装？"福尔摩斯又插嘴问道。

"留意了。我和摩奇还扶了他一把。他个子很高，脸色很红，下巴上长着一圈——"

"停！有这些就够了。"福尔摩斯大声说道，"然后呢？他后来怎么样了？"

"我们当时很忙，哪里顾得上他。不过我倒是非常确定，对于回家的路他还是记得很清楚的。"兰斯的语气露出明显的不满。

"他的服装呢？"

"他穿了一件棕色的外套。"

---

①指 Columbine，一出喜剧中的女性角色名。

"手上拿马鞭没有？"

"马鞭？没有，没看到。"

福尔摩斯嘟囔着："肯定是丢在哪儿了。"接着问道："之后你有没有看见或者听见马车经过？"

"没有，先生。"

"这半英镑是给你的。"福尔摩斯站起身来，一边戴上帽子，一边说，"恐怕你在警队不会再有晋升的机会了，兰斯。你真的不该将你的脑袋只当成一种装饰，好歹让它发挥点用处啊。告诉你，就在昨晚，你本来有个大好机会，可以捞个警长当当。就是你搀扶过的那个醉鬼，他是这个案子的重要线索，我们正在全力寻找他。这是事实。不过，这时候再说这些已经没有用了，就这样吧。华生，我们得走了。"

福尔摩斯和我一起走出了46号，去找送我们来的马车，只留下巡警兰斯还在原地半是怀疑半是不安。

"真是个大笨蛋！"在回家的马车上，福尔摩斯的语气里满是恨铁不成钢之意，"多么好的一个机会啊！简直是千载难逢，就那样被他白白葬送了。"

我说："我还是不太明白。就算兰斯说的那个醉鬼是你之前描述的那个人，可他为什么又返回犯罪现场呢？这不是自投罗网吗？一个理智的罪犯不可能做出这样的事。"

"你忘了那枚金戒指吗，华生？他就是为了找戒指！不过也好，咱们接下来要是没什么好办法逮住他，还能用戒指引他上钩。华生，我敢

打赌，双倍赔率都行，我一定能抓到他。说起来，我还得感谢你呢，今天早上若不是你，我恐怕是不会去现场的，那样我就真的要错失一个能让我好好研究一番的机会了。我们称呼这个案子为'血字的研究'怎么样？有时用些冠冕堂皇的词也无伤大雅，你说是不是？我们的生活原本是一团纠缠不清的乱麻，看似平淡无奇，但有些事情，比如某件凶杀案，就像穿插其中的一条红线，我们所要做的就是找出这条红线，经过一番清理，将它彻底暴露出来。现在，我们去吃午饭，吃完就去听音乐会。诺尔曼·聂鲁达的小提琴弓法和指法简直到了炉火纯青的地步，能把肖邦那段小曲子演奏得出神入化，就是这段，特啦——啦——啦——哩啦——哩啦——嘞。"

　　回家途中，我坐在马车里，一边听着这位私家侦探像只云雀似的不停地哼唱，一边在旁边暗暗感叹着人类万能的大脑。

五　广告引来的不速之客

　　下午，福尔摩斯出去听音乐会了，我躺在沙发上，想休息两个小时。奔走了一上午，我的身体有些扛不住了，感觉非常疲劳。不料却怎么也睡不着，可能是由于上午发生了太多事，让我的思绪纷繁杂乱，心情也有些激动，脑子里满是各种疑惑和猜想，尤其是死者那怪模怪样、猿猴一般的脸，总在我脑中挥之不去。我深觉这张脸丑恶至极，甚至有些感激将这张脸的主人从这个世界抹去的罪犯。除此之外，我对罪犯没什么其他感觉。相由心生，倘若一个人的外貌真能说明他的罪恶的话，那他一定长得非常像易瑙克·德雷伯。不过，话虽如此，我还是觉得应该公平对待这二人。毕竟从法律上讲，无论受害人如何罪孽深重，都不能因此减轻加害人的罪行。

　　据福尔摩斯推测，受害人是中毒而死。我想起他曾经闻过受害人的嘴唇，他一定是从中获得了什么线索，才会有此推断。想来想去，我越发觉得，这个推断并不寻常。尸体上没有伤痕，也没有窒息而死的迹象，死因若不是毒杀，还能是什么呢？不过，这样一来，地板上的多处血迹又不好解释了。屋内既没有凶器让死者伤到对方，又没有打斗的痕迹，那血迹是怎么来的呢？这些疑问一日找不到答案，我和福尔摩斯就一日

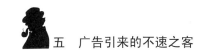

得不到安宁，都别想睡个好觉了。看福尔摩斯一副冷静自信的样子，虽然我一时猜不出个所以然来，但我想他心中必然对一切早有定论。

这天很晚的时候福尔摩斯才回来。晚饭早已准备好了，就摆在桌上。我想，如果他只是听音乐会，一定不会回来这么晚。

福尔摩斯坐下来，说道："我今天听了一场绝妙的音乐会。你听说过达尔文关于音乐的看法吗？在他看来，人类早在能说话以前就有了创作和欣赏音乐的能力。也许这就是为什么我们常常会受到音乐的感染和熏陶，这种感染和熏陶有时真的非常不可思议。可能在我们内心深处，仍然留着一些世界混沌之初的模糊记忆。"

"这种看法好像有些宽泛。"我说。

"一个人要想谈论大自然，他的思维难道不应该像大自然一般广阔吗？你今天是怎么了，有点反常啊。"福尔摩斯说，"是不是劳瑞斯顿花园街的案子弄得你寝食难安、心不在焉？"

"是的。"我老实回答道，"我原本以为，经历过阿富汗战争，我的意志已经磨炼得足够坚强了。迈旺德一战，我目睹自己的战友们在枪林弹雨中血肉模糊的样子，都不曾感到害怕，现在却觉得心神不宁。"

福尔摩斯说："可以理解。此案确实有些扑朔迷离，常人没法不去胡思乱想。但恐惧常常是想象的产物，没有想象就没有恐惧。对了，你看了晚报没有？"

"还没有。"

"晚报上将这个案子的细节介绍得很清楚，只是没有提到抬尸体时掉落的那枚女式婚戒。不过，不提更好，我另有打算。"

"为什么这么说？"

福尔摩斯一边将晚报递给我，一边指着一个栏目说："你看这里，这则广告。上午案子发生后，我就马上请各大报纸登载了这则广告。"

顺着他的手所指的地方，我看到"失物招领"一栏，头一则广告的内容是："今早在布瑞克斯顿路与白鹿酒馆以及荷兰树林交界处捡到一枚金质婚戒，请失主在今晚八点到九点间至贝克街 221 号 B 找华生医生认领。"

"还请见谅，我不经你同意便在广告上用了你的名字。"福尔摩斯说，"主要是用我的名字的话，那些个三流侦探便会察觉我的意图，势必会从旁横插一脚了。"

我回答说："这个倒无妨。但重点是我没有戒指啊，就算有人来领，我拿什么给人家呢？"

"戒指是有的。"福尔摩斯递给我一枚戒指说，"喏，和那个几乎一模一样。"

我问："你是不是已经料到有谁会来取这枚戒指？"

"嗯，就是那个穿棕色外套和方头靴子的人，就算他不亲自来，也会派一个同伙来的。"

"他难道不知道这样做很危险吗？"

"不会。"福尔摩斯说，"如果我料得没错——我有很多依据可以证明我料得没错——此人愿意不惜一切代价寻回这枚戒指，不论是否身陷险境。这枚戒指很可能是在他弯腰查看德雷伯的尸体时不慎掉落的，他本人当时没有发现。等他离开空屋之后，才知道戒指不见了，于是他赶忙回去寻找。可当他来到门口时，却发现已经有警察了。他想，一定是由于自己刚才一时粗心，忘了熄灭蜡烛，被警察看出了异常。他又想，如果这时候有人出现在附近，一定会被怀疑，于是只得装成一个醉鬼，一团烂泥似的倚在门口的栏杆上。华生，这时候你不妨站在他的立场上想一想，一个人丢了东西，一定会重新将丢失的过程仔细思索一遍，然后发现，戒指也有可能是在自己匆忙逃离时掉在路上了。那么，接下来该怎么办呢？他肯定会极力翻阅晚报，想看看有没有人捡到，登载一两则失物招领什么的。他一旦看到我发的这个广告，高兴还来不及，怎么会怀疑是陷阱呢？他认为，寻找戒指和谋杀案之间是没有必然联系的。等着吧，不到一个小时你就能看到他了，他一定会来的。"

"如果他真的来了，到时候我们怎么应对？"我问。

"没事，让我来对付他。对了，你有武器吗？"

"只有一把旧式的军用左轮手枪，还有一些子弹。"

"我建议你还是把它擦干净了，装上子弹。来者定是个亡命之徒，虽然我能乘其不备抓住他，但就当以防万一吧，你准备一下。"

我依照福尔摩斯的话，回到卧室做准备。不一会儿，我拿着手枪出来了，却见福尔摩斯正怡然自得地拨弄着他心爱的小提琴。餐桌早已收拾妥当了。

见我出来，福尔摩斯说："刚才，我发到美国的电报有回音了，进一步证明了我的推断是正确的。案子越来越清楚了。"

"是吗？那太好了。"我连忙回答。

"如果我的琴弦能换成新的就更好了。把手枪放在口袋里，华生。"

福尔摩斯说，"他进来的时候，你要表现得跟平常一样，说话的语气尽量平和，不要打草惊蛇。其他的我来应付。"

"到八点了。"我看了看表，提醒道。

"嗯，可能过几分钟他就到了。"福尔摩斯说，"让房门微微掩着，对了，就这样。然后把钥匙插在门内的锁孔上。谢谢！"我一一照做了。他接着说，"你看，这是我昨天在书摊上买的，是本珍贵的中古书，封皮是棕色的，名叫《论各民族的法律》，难得碰到就买了。它是用拉丁文写成的，1642 年出版于比利时列日市。这本小小的书出版时，查理①的脑袋和脖子还是连在一块的呢。"

"谁印刷的？"

"菲利普·得克罗伊，但不知此人是谁。扉页上的手写墨迹早已褪色，隐约可以看见'古列米·怀特收藏'的字样。这个'古列米·怀特'也不知是哪一号人物，或许是一位 17 世纪的实证主义法学家，他的手迹都透着一股法学家的风范。啊，我们的客人到了。"

福尔摩斯的话音未落，就听见楼下大门的门铃响起。他轻轻起身，把自己的椅子往门口方向挪了挪。随后是女仆走到门廊开门的声音。

"这儿是不是有个华生医生？"来人粗鲁而大声地问道。未曾听见女佣回答，就听到大门关上了，而后有人走上楼梯，步履迟缓，仿佛拖着步子似的。福尔摩斯凝神倾听着，面露惊讶之色。通过脚步声，我们知道来人正沿着过道走向我们的门口，然后是意料中的敲门声，声音很轻。

---

①指英格兰国王查理一世，1649 年 1 月 30 日以叛国罪被处死。

我高声应道："请进！"

不料，来人的面貌并非我们想象中的那般狰狞可怖，而是个老婆婆，满脸皱纹，步履蹒跚。她进来行了礼，眯着眼站在那儿，颤抖的手在自己的口袋里不停地摸索着什么。她就那么远远地看着我们，仿佛刚一进门时的灯光太过强烈，照得她老眼昏花。我转头看了看福尔摩斯，见他一副闷闷不乐的表情，我只好故作从容地独自面对这位不速之客。

老人家仿佛终于在口袋里找到了自己想要的东西，她掏出一张晚报，指着我们刊登的"失物招领"广告说："我来是为了这个，先生们。"一边说，一边又行了一个礼，"我看见这上面说有人在布瑞克斯顿路捡到了一枚金戒指，那戒指其实是我女儿的，她叫赛丽，结婚刚满一年。她丈夫现在在一艘英国轮船上做会计师，是个急性子，脾气很暴躁，如果他回来发现戒指丢了，谁知道会干出什么事，要是再喝点酒，那真是不敢想象。所以……哦，不好意思，事情是这样的，昨晚，我女儿去看马戏，和一个叫——"

我问："是这个吗？"

老人家一见戒指，大声叫了起来："天哪，就是这个，这就是她弄丢的戒指。谢天谢地，今晚她要是知道戒指找回来了，不知道会高兴成什么样。"

"请问您的住址是？"我拿起一支铅笔问道。

"豪斯迪迟区，邓肯街 13 号。离这儿很远。"

"但是，布瑞克斯顿路不在你说的什么马戏团和豪斯迪迟区之间啊。"福尔摩斯突然插嘴道。

老人家转过头看了福尔摩斯一眼，红红的小眼睛犀利而敏锐。"这位先生问的是我的住址，我女儿住在佩克汉姆区，梅菲尔德公寓3号。"她说。

"请问您贵姓？"

"我姓索耶，我女儿姓丹尼斯，她丈夫叫汤姆·丹尼斯。汤姆在船上可是个帅气的阳光小伙，一个正直的会计师；但回到岸上后，又是喝酒又是玩女人——"

"索耶夫人，这是您的戒指。"收到福尔摩斯的暗示，我打断了老人家的话，"显然，这枚戒指是属于您女儿的。我很高兴将它物归原主。"

老人家一边将戒指小心包好了放进口袋里，一边不停地说着千恩万谢的话，随后拖着步子走向门口。她一出房门，福尔摩斯便腾地起身走进了自己的卧室。才过了几秒钟，他就出来了，而且已经穿好了大衣，围上了围巾。他对我说："她肯定是那个人的同伙，我去跟着她，让她带我去凶手那里。你等着我，先别睡。"

福尔摩斯下楼时，大门砰的一声关上了，应该是那个老婆婆刚刚出去。我连忙来到窗边，看见老婆婆步履蹒跚地走在马路对面，福尔摩斯则与她保持着一小段距离，尾随其后。我心想，如果福尔摩斯预料得没错，他马上就要接触到这个神秘案件的最核心的部分了。其实不用他叮嘱，在他带回他的冒险结果之前，我是无论如何也睡不着觉的。

此时将近晚上九点，我不知道福尔摩斯需要多久才能回来，于是

五 广告引来的不速之客

回到房中，点上烟斗，顺手拿起一本亨利·穆杰[1]的《波西米亚人》开始翻阅。到了十点多的时候，女佣睡下了，我听见了她回到自己房中的脚步声；11 点时，房东太太从门口经过，想必她也是准备回房休息的；快 12 点时，楼下才传来福尔摩斯的开门声，那是他用钥匙打开弹簧锁的声音。他一进门，我就从他的脸色看出，他并没有成功，但分不清他是高兴还是懊恼，仿佛二者正在他心底纠结。不一会儿，他突然放声大笑起来，看来还是高兴更胜一筹。

他大声说："我不会让苏格兰场的人知道这件事的。"说着便在椅子上坐了下来，"之前总是我在嘲笑他们，这次他们一定不会错失良机，势必要嘲笑我一番。但是，没关系，就算被他们知道了，跑过来嘲笑我，我也不介意，假以时日，我一定会挽回我的面子。"

"到底发生什么了？"我问。

"哦，好吧，其实告诉你也无妨。没走多远，那个人就开始一瘸一拐的，装出一副脚很痛的样子，然后突然停下，叫住了一辆马车。我靠近了些，想听清她和车夫的谈话，弄清楚她的目的地。谁知她嗓门大得很，说她要去豪斯迪迟区，邓肯街 13 号，说得满大街都听见了，哪里用得着我这么心急。那时我还以为她说的是真的，等她上了车，我便傻傻地攀住了马车后部——这可是每个侦探必备的看家本领。接下来我们一路前行，一刻也没停过。后来，快到目的地了，我在离 13 号门口还

---

[1] 19 世纪法国剧作家，《波西米亚人》为其代表作，主要描写一个生活在巴黎阁楼的穷困作家的故事。

有一小段路的时候先跳下马车，在马路上晃荡了一阵。远远的，我看见马车停下了，车夫下车打开车门，等着客人下车，但车里一直没动静。我来到马车跟前，见车夫正趴在昏暗的车厢里胡乱翻找着，嘴里骂骂咧咧，脏话连篇，简直不堪入耳。原来车厢早已空了，乘客也不见了踪影，这位车夫要想拿到车费，恐怕是无望了。我和车夫一起去13号询问，得知那里正住着一个名叫凯斯·维克的裱糊匠，此人向来老实、正派，他说他从未听说过有叫索耶或者丹尼斯的住户。"

"你的意思是，那个连路都走不稳的老婆婆能在你和车夫的眼皮子底下神不知鬼不觉地从飞速行驶的马车上跳车溜走？"我感到十分惊讶，不觉提高了嗓门。

"哪里是个老婆婆！"福尔摩斯恶狠狠地说，"见鬼，咱们才是老婆婆呢，竟然被人耍得团团转。他肯定是个年轻男人，不仅聪明健壮，而且演技出神入化、无与伦比，几乎无人能识破他的伪装。他显然知道会有人跟踪他，所以使出这招金蝉脱壳，保证自己溜之大吉。现在我知道了，我们的对手绝不简单，他不像我们当初想象的那样是单独行事的，他还有很多愿意为他冒险的朋友。喂，华生，你还好吗？是不是累坏了？你还是先去睡觉吧。"

恭敬不如从命，我的确很累，于是回房休息了，只留福尔摩斯一个人坐在壁炉边，望着微微摇曳的火苗出神。夜里，万籁俱寂，唯有他低沉而忧郁的琴音偶尔传来，在我耳畔回响，我知道，他一定还在思考如何解决这个诡异的案子给他带来的难题。

六　托拜厄斯·格莱森大显身手

翌日，各大报纸都充斥着关于"布瑞克斯顿谜案"的报道，几乎每家都是洋洋洒洒，长篇累牍，有的甚至特别附上社论，而其中某些信息连我都闻所未闻。至今，我的剪报本里还留存着不少关于此案的报道，现在姑且摘录一二，附文如下：

《每日电讯报》说："就算翻遍所有犯罪记录，也没有哪个案子能比此案更离奇、更悲惨。不论是受害人使用的德国名字，还是作案动机的明显缺失，抑或是墙上留下的血字，都表明凶手一定是一群流亡的政治犯或革命党人。在美国，社会党流派众多，毫无疑问，死者应该是不小心违反了他们制定的某条不成文的法律才被追踪至英国，惨遭杀害。"

文章随后简略地提到了过去发生的德国菲默法庭案、托法娜仙液案、意大利烧炭党案、布兰维利耶侯爵夫人案、达尔文理论案、马尔萨斯原理案和瑞科特里弗公路谋杀案等案件，并在结尾处忠告政府，建议日后应对留在英国的外籍人士进行严密监视，等等。

　　《旗帜报》说："只有在自由党执政时，才有可能发生这种目无法纪、伤天害理的暴行，暴行之所以发生就是因为政府权力薄弱，民心不稳。死者本是一位来自美国的绅士，滞留伦敦已有数周。生前，他住在坎伯维尔区托尔奎里夏庞蒂埃太太的公寓。他有个私人秘书名叫约瑟夫·司特吉逊，曾陪同他四处游览。两人在本月的 4 号向房东太太辞行，随后来到尤思顿车站，打算坐快车去利物浦。那天是星期二，有目击者称，曾在车站的月台上见过他们，但是之后直到德雷伯先生的尸体被发现，没有人知道他们的踪迹。据报道，尸体是在布瑞克斯顿路的一间空屋中被发现的，距离尤思顿车站仅数英里。至于他是如何到达空屋、如何被害的，至今仍然是个谜，约瑟夫·司特吉逊也下落不明。另外，很高兴我们得到了一条可靠消息，苏格兰场的两位著名侦探将全力侦破此案，他们就是雷斯瑞德和格莱森。相信在不久的将来，案子一定会水落石出。"

　　《每日新闻报》说："毋庸置疑，此案属于政治性犯罪。由于我们欧洲大陆多数国家还实行专制，极端憎恨自由主义，因此，许多人流亡至我国。倘若宽容为怀，对他们既往不咎，假以时日，他们很有可能转化为良好公民。不过，他们之间似乎实行着一种严苛而无形的"法度"，冒犯者必将落得死亡的下场。为了查明受害人的某些生活习惯和特征，我们必须竭力找到他的私人秘书约瑟夫·司特吉逊。目前，案情已经前进了一大步，因为在果敢睿智的苏格兰场侦探格莱森先生的不懈努力下，我们已经获知受害人死前在伦敦的居所……"

福尔摩斯对这些报道非常感兴趣，早餐时，他同我一起翻阅了一遍。

"看，我之前说得没错吧，无论发生什么，到最后功劳肯定全部属于他俩——雷斯瑞德和格莱森。"

"不一定。也要看结果如何。"

"哦，你太天真了，这和结果一点关系都没有。如果最后凶手落网，他们会说这是由于两位侦探鞠躬尽瘁，才有此大捷；如果凶手逃脱了，他们又会说，两位侦探虽然历尽艰难险阻，奈何……反正不论结果如何，不论他们两个做什么，功劳全是他们的，错处全是别人的。他们从来不缺为他们歌功颂德的人。听过一句法国谚语吗？'傻瓜总能找到比他更傻的人来赞美他。'"

说话间，门外忽然传来一阵纷杂的脚步声，中间还夹杂着房东太太抱怨的话语，就在楼梯和过道附近。

"怎么回事？"我不禁疑惑地问道。

"是贝克街侦查小分队。"福尔摩斯一本正经地回答。说着，只见六个街头流浪儿童冲了进来，吓了我一大跳，因为我从未见过这样脏兮兮的小孩，个个破衣烂衫。

福尔摩斯厉声一喝："立正！"六个小泥人闻声立刻排成一条直线，"维金斯，今后你一个人上来向我报告情况，其余的人都在街上待命，知道了吗？我让你们找的东西找到了没有？"

"还没有，先生。"被唤作维金斯的孩子回答道。

"我估计也是。那你们接着找，直到找到为止。"福尔摩斯说着给了每人一先令，"这是你们的工钱。好了，去吧，继续帮我找，希望下

次你们能给我带来好消息。"他朝孩子们挥了挥手,孩子们得令,四散
而去,活像一窝小老鼠。下一刻,他们的喧闹声就在大街上响起了。

"这些小不点的工作效率可远远高于那些官方侦探,以一当十是绝
对没有问题的。"福尔摩斯说,"我想你也知道,如果官方人士出面,
人们往往会缄口不言;但这些小孩子不一样,他们像针一样尖细,无孔
不入,可以去任何地方,打听任何事情。他们灵活得很,缺的只是组织
纪律性而已。"

"你雇用他们是为了布瑞克斯顿路的那个案子吧?"我问。

"没错,我想弄清楚一件事,只是需要一点时间。哦,有新闻来了。
你看,大街上朝我们这里走的不就是格莱森吗?就是他!瞧他那一脸得
意的样子我就知道,他是要往咱们这儿来的,估计是要炫耀什么。看,
他在门口停下了。"

接着,我们便听见门铃声响了,还很急促。几秒钟的工夫,这位金
发的侦探先生就三步并作两步上楼来了,随后径直走进了我们的客厅。
一进来,他便紧握住福尔摩斯冰凉的大手,说道:"亲爱的朋友,恭喜
我吧,我已经查清楚那个案子了,真相大白了。"

闻言,福尔摩斯表情丰富的脸上似乎闪过一丝阴影。我知道,他开
始着急了。

"你的意思是,你已经有眉目了?"

"岂止是有眉目了,我连疑犯都抓到了!"

"疑犯叫什么?"

"阿瑟·夏庞蒂埃,一个皇家海军中尉。"格莱森昂首挺胸,得意

地搓着他那肥胖的双手说道。

福尔摩斯听后长出了一口气，仿佛警报解除一般微笑起来。"先请坐吧。来，抽支雪茄。"他说，"哦，我们真的很想知道你究竟是怎么查到的，还请不吝赐教。要不要来一杯加水的威士忌？"

"那就来一杯吧。"格莱森说，"这两天我都快累死了，为这个案子我可是费了不少心思。咱们这行，干的就是费脑子的活，虽然不需要过多的体力劳动，但大脑得一直紧绷着那根弦，个中辛苦你也是知道的。对吧，福尔摩斯先生？"

"是的，"福尔摩斯回答得一本正经，"请讲讲吧，让我们学习学习，你是如何取得这可喜的成绩的。"

格莱森坐在扶手椅上，吸了几口雪茄，得意之色愈加明显。忽然，他一拍大腿，高兴地说："笨蛋雷斯瑞德，明明走错了道，还以为自己很聪明，他现在还在执迷不悟地四处寻找那个私人秘书——一个跟此案毫无关联、清白得就像未出世的婴儿的人。你说这可笑不可笑？我觉得，现在他八成已经找到那个人了。"说完便开始哈哈大笑，笑得自己都喘不过气来了。

"好吧，那你呢？你的线索是从哪儿来的？"

"哦，我现在就告诉你们。不过，先说好，这事可要绝对保密，咱们是自己人，说说倒没事，其他人可就不行了。好了，回到案子上来。我要克服的第一道难关就是这个美国人的身份。换成别人，可能会在报纸上登个广告什么的，然后干等着知情者或者死者的亲友主动前来报告。我却不这样，这太被动了。我注意到了死者身旁的那顶帽子，你还记得

吗，福尔摩斯先生？"

"当然记得，"福尔摩斯答道，"那顶帽子是在坎伯维尔路 129 号的帽子店买的，店主是约翰·安德伍德父子。"

格莱森听后一脸沮丧，似乎福尔摩斯的话让他锐气大挫，他说："没想到你也察觉到了这一点。那你后来去过那家店吗？"

"没去过。"

"哈哈！"格莱森松了一口气，说道，"不管事情看起来多么微小，你都不应该放过任何一个机会。"

福尔摩斯简洁地评论道："伟人眼里没有小事。"仿佛在说什么金玉良言。

格莱森没有理会福尔摩斯的话，继续说："我去了帽子店，找到了安德伍德，问他有没有谁在他那儿买过一顶相同款式的帽子。他很配合，查了销售记录，告诉了我那顶帽子的送货地址。原来买主是一位叫德雷伯的先生，他住在托尔奎里夏庞蒂埃太太的公寓。于是，我就找上门去了。"

福尔摩斯低声在一旁称赞道："好，非常好！"

"我找到了夏庞蒂埃太太，发现她脸色惨白，十分不安。她女儿也在，长得非常美丽，但在回答我的问话时，她眼睛通红，嘴唇发抖。这一切自然没有逃过我的眼睛，我察觉出不对劲，就开始怀疑她们有问题。福尔摩斯先生，你应该知道那股发现重要线索时的兴奋劲儿，简直让人通体舒畅。我问她们：'听说了德雷伯先生遇害的消息吗？他之前是你们的房客，来自克利夫兰市。'

"夏庞蒂埃太太仿佛说不出话，只是点了点头。她的女儿却在一旁突然哭起来。我更加肯定了，她们必定知道某些内情。我又问：'德雷伯先生打算去车站，他是几点离开这里的？'

"夏庞蒂埃太太连咽了几口口水，仿佛在极力压制自己激动的情绪，她说：'晚上 8 点。他的秘书司特吉逊先生说了，去利物浦有两趟火车，一趟在 9 点 15 分，一趟在 11 点。他们打算赶前一趟火车。'

"'那是你们最后一次见面？'

"夏庞蒂埃太太一听我这样问，脸上瞬间没了血色，过了好久她才勉强回答道：'是的，是最后一次见面。'我发现她的声音很不自然，非常沙哑。

"一阵沉默过后，她的女儿开口了：'妈妈，隐瞒对我们没有好处，我们还是跟这位警官老实交代吧。先生，那不是我们最后一次见面，之后我们又见过德雷伯先生。'

"夏庞蒂埃太太张开双手，喊道：'上帝啊，饶恕我的女儿吧！'之后便瘫坐在椅子上，靠着椅背说：'你这不是害了你哥哥吗？'

"她的女儿神情坚决地说：'我想，阿瑟也希望我们实话实说。'

"我说：'你们还是把事情一五一十全部告诉我吧，这样藏着掖着真的于事无补，反而添乱。再说了，你们不是还不清楚警方究竟查到什么程度了吗？'

"夏庞蒂埃太太闻言高声说道：'爱丽丝，都怪你！'又转过头来对我说：'先生，我说，我全部说给你听。但请你不要误会，刚才提起我的儿子我那么激动，绝不是因为他和这宗命案有什么关系，他是清白

的，先生。我只是担心，也许你们或其他人会把他看成嫌疑犯。请相信，这是绝对不可能的。他的高贵品格、职业和过往经历都能证明他是一个好人。'

"我说：'我保证，我们不会冤枉好人。如果你儿子真是无辜的，他不会受到一丁点委屈。所以，你可以放心大胆地告诉我全部事实。'

"夏庞蒂埃太太冷静下来，她说：'爱丽丝，你还是先出去一会儿，让我们两个单独谈谈。'等爱丽丝出去以后，夏庞蒂埃太太接着说：'先生，是这样的，其实我本不打算告诉你全部实情，但被我女儿这么一点破，我别无选择了。既然要说，那就一五一十说清楚吧。'

"我说：'这才是明智之举。'

"夏庞蒂埃太太说：'来这儿之前，那位德雷伯先生一直在和他的秘书司特吉逊先生周游欧洲大陆，他们最后去的地方应该是哥本哈根，因为我曾看见他们每个旅行箱上都贴着哥本哈根的标签。后来，他们到了我这里，大概住了三个星期。虽说秘书先生是个极有教养的人，平日里少言寡语，但他的主人德雷伯先生截然不同。哦，真是讨厌极了，他的人品非常糟糕。他住下的当晚便喝得酩酊大醉，一直睡到了第二天中午12点还不起床。他行为粗俗，言语轻佻，还经常调戏女仆们。最不可饶恕的是，他竟然用同样的态度对待我的女儿爱丽丝，总在爱丽丝面前胡说八道。还好爱丽丝年纪尚小，不懂事，听不明白他那些污言秽语。有一回，他竟然把爱丽丝搂在怀里不放。他这样无法无天，连他的秘书都看不过去了，直骂他禽兽不如。

"我说：'你完全没必要忍受他这种行径啊。你可以赶他走，不让

他住在这儿。'

"夏庞蒂埃太太顿时红了脸，说：'我也很后悔，没有在他刚来的时候就拒绝他。当时我只觉得他们付的房钱很可观，打算忍忍就过去了。现在是淡季，没什么客人，他们每人每天付我 1 英镑，一周就有 14 英镑，这对我们家来说是一笔不小的收入。我没了丈夫，只有女儿在身边，我儿子在海军服役，开销很大。所以……我实在没想到会变成现在这个样子。不过，后来他做得实在太过分了，让人实在忍无可忍，我就把他赶走了。'

"'然后呢？'

"'看见他走了，我心中的大石头才算放下了。关于此事，我从未告诉过我的儿子。虽然他正在休假，我可以去找他，但他脾气暴躁，爱丽丝又是他最疼爱的妹妹，一旦知道有人这么对待自己的妹妹，他一定不会放过那个坏人。我原以为，只要他们走了就没事了，谁知道，我关上大门还不到一小时就听见有人敲门，原来德雷伯又回来了，还一脸兴奋，看样子又喝了不少酒。他径直冲进屋内，看见爱丽丝正在里面坐着，就又开始胡言乱语，说什么没有赶上火车，又对爱丽丝说，要她跟他一起走。他竟敢这么说，还是当着我的面！他说："你长大了，法律管不着你了，跟我走吧，不要管这个老太婆了。我有钱，你跟着我，会幸福得像公主一样。"爱丽丝害怕得瑟瑟发抖，拼命躲开他。可他硬是拉着爱丽丝的手不放，还把她往门口拉。我在一旁惊恐地大叫着。没想到，就在这时，阿瑟出现在了门口。之后的情况我记得不太清楚了，因为我实在是被吓蒙了，连头也不敢抬，只知道屋里乱成一团，他们不停地叫

骂着、扭打着。等我再抬起头时，德雷伯已经不见了，只有阿瑟站在门口放声大笑。他拿着一根木棍说："那个无赖，我谅他再也不敢来招惹咱们了。我去跟着他，看他究竟要干什么！"说完便拿起帽子跑到街上去了。第二天一早，我们就听说德雷伯被杀了。'

"这是夏庞蒂埃太太的口述，我全部速记下来了。虽然她说话时断时续，经常停下来喘气，有时声音低得我都听不清，但我保证我的速记没有一点遗漏。"

"嗯，故事的确很动听。"福尔摩斯说着打了一个哈欠，"然后呢？"

格莱森说："依据夏庞蒂埃太太的描述，我发现了整个案子最关键的一环。于是我趁热打铁，紧紧盯着她，追问她儿子回家的确切时间。谁知她回答说：'我不知道。'

"'你怎么会不知道？'我反问道。

"'我真的不知道。他手里有大门的钥匙，他可以自己开门。'

"'他回来的时候你已经睡了？'

"'是的，先生。'

"'你几点睡的？'

"'11 点左右吧。'

"'这么说，你儿子至少出去了两小时。'

"'是的。'

"'有没有可能是四五个小时？'

"'有。'

"'你知不知道他这几个小时里都做了什么？'

"'先生，我不知道。'夏庞蒂埃太太的嘴唇都白了。

"显然，到这儿就差不多了，别的不必再多问。之后，我带着两个警察找到了夏庞蒂埃中尉，逮捕了他。当我拍着他的肩膀，让他乖乖跟我们走一趟的时候，他居然嚣张地说：'我猜你们来抓我是怀疑我杀了混蛋德雷伯吧？'我们还没提起此案，他就自己先提出来了，这让他更加可疑了。"

"是很可疑。"福尔摩斯应和道。

"我们逮捕他的时候，他手上还拿着一根结实的橡木棍子，就是他母亲说的那根。"

"那么依你之见，其中原委是怎样的？"

"依我之见，夏庞蒂埃中尉一直拿着棍子追踪德雷伯，到布瑞克斯顿路时，他们发生了激烈的争吵。中尉狠狠打了德雷伯一闷棍。从死者身上没有伤痕这一点来看，也许是打在了胸口，所以才没有留下痕迹。夜里雨大，远近无人，夏庞蒂埃中尉将尸体移到了劳瑞斯顿花园街3号——我们发现尸体的空屋。至于空屋中的一些其他线索：墙上的血字、红蜡烛、血迹和金戒指等，不过是凶手使的障眼法，意在误导警察。"

"干得漂亮，格莱森！你进步不小啊，将来一定会大展身手的。"福尔摩斯称赞道。

格莱森越发自豪了，说道："我也觉得，这次的案子办得很成功，又快又好。不过那个中尉居然说，他跟踪了一段路，结果被德雷伯发现了，然后德雷伯就坐上一辆马车逃走了。他还说，他在回去的路上遇到了一位同僚，那位同僚过去曾和他在同一条船上供职，他们当晚结伴走

了很长一段路。可当我追问他所说的同僚的住址时，他却支支吾吾，答不上来。所以，目前在我看来，案子的前因后果已经非常清楚了，但可笑的雷斯瑞德却从一开始就走错了方向，我敢说，他一定不会有任何收获的。看，正说着他，他就来了。"

果然，来人正是雷斯瑞德。他上楼时我们还在说话，他一进屋，就把我们惊住了。平日里，无论是外貌穿着还是行为举止，他都显得十分自信和得意，可现在的他哪里还有一丝往日的神采。他一脸愁苦，神情焦虑，衣衫不整。看得出来，他是来向福尔摩斯请教自己心中的疑问的，但他一见格莱森也在场就手足无措了，他不安地站在客厅正中央，不停地摆弄着手中的帽子，忸怩着不知如何开口。过了一会儿，他终于说道："这个案子真的太不可思议了，我从来没有见过这么怪异的事。"

格莱森闻言得意地说："哦，雷斯瑞德先生，你也这么认为吗？其实你得出这样的结论我一点也不意外，真的，我早就料到了。对了，你找到那个秘书先生了吗？"

雷斯瑞德心情沉重地说："哦，司特吉逊先生今天早上六点左右，在郝丽德旅馆被人杀害了。"

七　黑暗中的光亮

侦探雷斯瑞德带来的消息让在场的每一个人都惊得说不出话来。它很重要，但太突然了，我们一点心理准备都没有。格莱森猛地站起身，不料掀翻了酒杯，杯中的威士忌洒了一地。我转头静静地看着福尔摩斯，发现他眉头紧锁，紧闭着嘴唇。

最终还是福尔摩斯先开口，但他的声音很低。他说："司特吉逊遇害，这样一来事情就更复杂了。"

"本来就够复杂了，"雷斯瑞德一边抱怨，一边在椅子上坐下，"哦，天哪，我这是在参加什么军事会议吗，怎么像只没头苍蝇似的？"

"这……这消息可靠吗？"格莱森好像有点结巴了。

"怎么不可靠？"雷斯瑞德说，"我还是第一个发现他尸体的人呢！我刚从现场过来。"

福尔摩斯说："我们刚才听过了格莱森关于此案的高见，接下来，我想听听你的意见，雷斯瑞德。你都做了些什么，还有你的所见所闻所感，可以告诉我们吗？"

"好的。"雷斯瑞德坐在椅子上说，"我承认，一开始我认定司特吉逊和德雷伯被杀有莫大的关系，所以一直在追踪他的下落。但现在，

事实证明我错得离谱。德雷伯的尸体是在 4 号凌晨 2 点在布瑞克斯顿路被发现的，我打听到有人曾在 3 号晚上 8 点半左右看见他们两个在一起，就在尤思顿车站。于是，接下来我必须搞清楚的是，从 3 号晚上 8 点半到 4 号凌晨 2 点之间，司特吉逊在哪儿，做了什么。一方面，我给利物浦发电报，要求他们密切注意美国船只，并介绍了司特吉逊的长相；另一方面，我自己继续在尤思顿车站周边寻找，不漏掉一家旅店或者公寓。因为，在我看来司特吉逊如果已经在车站与德雷伯分手，当晚一定会在附近找个住处，等德雷伯回来，然后第二天一起去车站。这应该是人之常情。"

"他们应该事先约好了会合的地方。"福尔摩斯说。

"是的，事实的确如此。"雷斯瑞德说，"我昨天跑了一整晚，但什么都没找到。今天一大早，我又开始行动，终于被我找到了。8 点的时候，我到了小乔治街上一家名叫郝丽德的旅馆，询问有没有一位名叫司特吉逊的房客，结果他们立即说有。

"他们说：'他已经等了两天了，说是要等一位先生，您一定就是了。'

"我问：'他人呢？'

"他们回答：'正睡着呢，在楼上。他交代过，不到 9 点不要吵醒他。'

"我说：'我现在去找他。'

"我本来打算给他来个措手不及，让他在惊讶之中透露一点实情，没想到会看到那一幕。当时，一个擦鞋兼跑堂的主动请缨，说要领我上楼。来到三楼，有一条较短的走廊，直通司特吉逊的房间。跑堂的把房门指给我看了以后，正要下楼，却被我一声惊叫给叫了回来——我看到一道血迹从房门下的缝隙中蜿蜒而出，横穿走廊，在对面墙角汇集成一摊鲜红的液体。就算我查了20年的案子，也有些架不住这个场面。我突然感到一阵恶心，差点吐出来。跑堂的闻声回来查看，他看见这一幕时也吓得差点晕过去。房门反锁着，我和跑堂的一起用肩膀撞开了门，走进房间，只见里面窗户大开，窗下躺着一具男尸。男子身着睡衣，蜷缩着，四肢僵硬而冰凉。看来他死去已经有一段时间了。我们将尸体翻过来，跑堂的马上认出了他，说这就是司特吉逊。死者被人用刀刺入身体左侧，刺得很深，想必是伤到了心脏，所以毙命。还有，最怪异的是死者的脸，你们猜，他脸上有什么？"

"是用血写成的'RACHE'。"福尔摩斯立刻说道。

我本来已经听得毛骨悚然，经福尔摩斯这么一说更加觉得恐怖至极。

"正是！"雷斯瑞德害怕地说。刹那间，屋内的人都陷入了沉默。这个藏在黑暗中的凶手似乎行事非常有条理，但让人无法理解，这给他的犯罪行为增添了一层神秘和恐怖的色彩。即便是面对战场上死伤遍野的情形我都可以泰然处之，但我无法面对刚才所描述的那一幕，一想到那幕情景，我浑身的汗毛都会立起来。

雷斯瑞德继续说道："不过，我打听到一个送牛奶的小孩见过那个凶手。郝丽德旅馆后面有条通往马房的小巷，清晨，那个小孩在去牛奶房的时候偶然路过小巷，看见平常躺在地上的梯子被支了起来，顶端正对着三楼一扇敞开的窗子。小孩觉得奇怪，走过去之后又回头看了看，正看见一个人从容不迫地从梯子上爬了下来。小孩还以为他是旅馆里的木匠，正在修理什么东西，所以没太在意，只是觉得这个木匠是不是太

勤快了，这么早就在工作。他说那个人个子很高，脸红红的，穿一件长款棕色外套。后来，我们在房间里发现，脸盆里的水是红色的，床单上也有血迹，这说明凶手在犯罪后不仅洗了手，还用床单擦了擦刀子。他在杀了人之后，仍在现场从容地停留过一段时间。"

依据雷斯瑞德的描述，凶手的身高和面部特征都和福尔摩斯当初所推断的一样。我不由看了福尔摩斯一眼，但他脸上丝毫不见得意之色，只是问道："现场还有能为追捕凶手提供有效依据的其他线索吗？"

"没有了。"雷斯瑞德答道，"我们在死者身上没有发现任何文件或日记，只有一个钱袋和一份电报。钱袋是德雷伯的，但这并不构成疑点，因为司特吉逊是德雷伯的私人秘书，平日里都是秘书在打理财务。钱袋里装着一些现金，有80多英镑，这就至少可以排除谋财害命这条线。但这样一来，作案动机就更加难以判断了。电报没有署名，是一个月前从克利夫兰市发来的，上面只有'J.H. 现在欧洲'几个字。"

福尔摩斯问："别的什么都没有了？"

雷斯瑞德说："没有了。剩下的只是些不太重要的东西，比如床上放着一本小说，应该是他睡前阅读过的，床边的椅子上放着一个烟斗，桌子上有杯水，窗台上有个装药品的木盒子，里面还有两粒药丸。"

福尔摩斯闻言突然高兴地站起身，兴奋地大声喊道："终于被我找到最后一环了！我的推论总算完整了。"

两个官方侦探傻傻地看着福尔摩斯，惊讶得说不出话来。

倒是福尔摩斯一脸自信地说："我已经掌握了这个案子的所有线索。虽然还需要补充一些细节，但从他二人在尤思顿火车站分手，到司特吉逊的尸体被发现，其主要脉络我已经了然于胸。现在，我要向你们证明我的论断。雷斯瑞德，那两粒药丸呢？你带来了没有？"

"带来了。"雷斯瑞德连忙拿出一个白色的小盒子，"钱袋、电报和药丸我都带来了。我本打算将它们放在警察局里，那样既稳妥又安全，带它们出来纯属偶然。而且，我真的认为这两粒药丸不是什么重要的证物。"

"给我吧。"福尔摩斯从雷斯瑞德手里接过药丸，又转向我说，"华生，你看看，这是普通的药丸吗？"

我看了看，药丸又小又圆，外表呈珍珠一般的灰色，在强光下却接近透明。的确不是普通的药丸。我掂量了一下，说道："分量偏轻，而且透明，从这两点来看，它们应该能够在水中溶解。"

福尔摩斯说："的确如此。可否麻烦你把楼下那条狗抱上来？它挺可怜的，病了很久了，昨天房东太太还请你送它一程，让它少受点罪呢。"

我应声下楼把那条狗抱了上来，又在地毯上加了一块垫子，才将它放到垫子上躺好。它现在看上去连呼吸都很困难，眼睛早已没有一点光彩，嘴唇也苍白得很，这一切都说明它早就远远超过了普通狗类的寿命。

福尔摩斯从旁边拿了一把小刀，对大家说："现在，我把这颗药丸切成两半，一半放进盛水的杯子里，一半留着，也许将来有用。你们看，我们的医生朋友说得没错，它的确溶解了。"

"有意思。"雷斯瑞德有点生气了，以为福尔摩斯存心在捉弄他，他说，"但我压根看不出你的目的是什么，这和司特吉逊的死有什么关系吗？"

"朋友，别着急啊，要有耐心。一会儿你就会明白，这其中的关系可大了。现在，我要往里面加点牛奶，这样会好吃些，可怜的老狗一见就会马上舔干净的。"

福尔摩斯一边说一边把杯子里的混合液体倒入老狗面前的盘子里。可怜的老狗一会儿就将它舔了个精光。我们看福尔摩斯一脸认真地看着老狗，所以也都默默地盯着那只狗，以为会发生一些让人大吃一惊的事。但是，什么也没发生，老狗仍然躺在那里，和它喝下混合液体之前的状态没有任何区别。时间一分一秒地过去了，福尔摩斯不停地看表，老狗依然没有变化。看来，药丸对它没有任何作用。

福尔摩斯的脸上开始露出失望和懊恼的表情，看上去非常焦虑。他又是咬嘴唇，又是敲桌子的，我见他这样，心里也有些不是滋味。但是，那两个官方侦探都露出了幸灾乐祸的神情，都嘲讽地扬起了嘴角，仿佛很乐意见到福尔摩斯遭遇失败的样子。

"这不可能只是因为巧合！"福尔摩斯猛然站起来，开始在客厅里焦躁地踱着步子，他大声说，"德雷伯被杀后我就一直怀疑，是不是存在某种特殊的药丸。现在司特吉逊死了，药丸也出现了，但它居然毫无作用！这到底意味着什么？我可以非常肯定地告诉你们，我的推论是没错的，也不可能有错！但我们可怜的老狗吃了之后却一点事都没有……哦，原来如此，原来如此！"他仿佛恍然大悟一般尖叫一声，然后小跑着来到装药丸的小盒子面前，取出最后一粒药丸，像先前那样分成两半，一半留着，一半放进水里，兑上牛奶，再次送到老狗面前。可怜的老狗才伸出舌头舔了一小口，便浑身痉挛起来，随后，它像被雷电击中了一

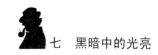

般，僵硬着，一动不动了。

　　福尔摩斯见状，长出了一口气，抬手拭去了脑门上渗出的汗珠。他说：“可见我的意志还不够坚定。如果出现了一种和全盘的推理相矛盾的现象，那这种现象一定有另外的解释方法。我应该早就认识到这一点，也就不至于像刚才那样慌乱了。盒子里的两粒药丸，一粒无毒，一粒有剧毒。这的确是我应该提前想到的。”

　　福尔摩斯的这一段总结太惊人了，大家都难以马上接受，以为他现在可能脑子不清醒。可是，事实摆在眼前，老狗死了，药丸起作用了，这证明他的推理是正确的。我也感觉自己脑子里的疑团尽消，仿佛认识到了一点案子背后的真相。

　　“也许你们觉得这一切非常怪异，”福尔摩斯说，“但那只是因为你们最初没有抓住那条唯一正确的线索，也没有认识到它的重要性。所幸我认识到了，并且牢牢抓住了它。那之后发生的每一件事都在重复证明我的推论的正确性，那些看似复杂的、不可解释的现象，恰恰能成为我的灵感，进一步完善我的判断。我们不能混淆奇怪和神秘的概念，最平淡的案子往往是最神秘的，因为它越平淡就越看不出端倪，你就越是找不到任何能用来推理的依据。假如死者是在大马路上被发现的，而你又看不出任何异常，没有发现一点耸人听闻的细节，那这个案子办起来可就难了。所以我说，案子中怪异和奇特的成分非但没有增加难度，反而让它的难度降低了。”

　　格莱森本就一脸不耐烦，听完福尔摩斯的论述后就更加坐立不安了，他说：“福尔摩斯先生，我们承认，你睿智、干练，有属于自己的一套

理论和方法。但当务之急，我们需要的不是你的高谈阔论，而是抓住凶手的具体办法。因为，现在看来，我和雷斯瑞德都错了，那个叫夏庞蒂埃的中尉不可能和第二起谋杀案扯上关系，雷斯瑞德追着不放的司特吉逊也死了。所以，可否麻烦你痛快一点，直接说出你所了解的这个案子的一切。你说话不能总是这么漫无边际，好像比我们所有人都知道得多，但就是不说重点，对吧？你知道凶手的名字吗？"

雷斯瑞德这时候也和格莱森一个阵营了，他附和道："先生，我得承认，格莱森说得很对。我们俩都尝试过了，但都以失败告终。到这儿之后，我不止一次听你说，你已经掌握了所有情况，那就别藏着掖着了。"

我也跟着说："不能让凶手逍遥法外，不然会出现更多的牺牲者。"

但是，这种群起而攻之的方法显然有些适得其反，福尔摩斯迟疑了，他又开始在屋内来回踱步，低着头，眉头紧锁——他在思考问题时一贯如此。

最后，他终于立定，对我们说："不会有更多的牺牲者了，这一点你们大可放心。至于凶手的名字，我的确知道，但是，仅仅知道名字没什么用处，能抓到他才算真本事。我很快就能抓到他了，而且我想亲自实施抓捕工作。因为我们的对手是一只老狐狸，凶残、狡猾，他还有个得力的助手，跟他同样机警，这个已经得到证明了。所以，抓捕计划必须非常缜密、周详。如果他没有察觉到什么异常情况，或者还不知道有人获得了线索，我们还有可能抓到他；一旦打草惊蛇，让他发现不对劲，他立马会改名换姓，消失在这有 400 万人口的伦敦市中。我绝不是有意伤害你们的自尊，但我不得不说，你们两个不是他的对手，这也是我要求亲自动手的原因。哦，请原谅我这么说。当然，如果最后我失败了，而且没有要求你们从旁协助，我难辞其咎。我表示愿意承担这个责任。我保证，只要不伤大局，必要的时候我一定会通知你们的。"

福尔摩斯的一席话显然惹恼了格莱森和雷斯瑞德，他给出的保证和对官方的轻蔑使得他们一个满面通红，一个怒目圆睁。格莱森的脖子都红了，雷斯瑞德则是既生气又惊讶。

不等他们开口争辩，外面便有人敲门了，原来是贝克街侦查小分队的代表维金斯。他像只小泥猴似的窜至福尔摩斯面前，一边敬礼一边说："请下楼吧，先生。马车已经在楼下等着了。"

"干得好，孩子。"福尔摩斯说道，语气非常温和。他边说边从抽屉中拿出一副钢手铐，转身对两个官方侦探说："我建议你们苏格兰场的警察都用这种手铐，看，这弹簧锁多灵活，轻轻一碰就能锁上。"

"前提是你得先抓到要戴它的人。"雷斯瑞德说，"而且我们手上那种旧式的也够用。"

福尔摩斯笑着说："好，非常好！"又对维金斯交代道："你把车夫叫上来一下，我需要他帮我搬箱子。"

我一听这话不由得纳闷起来，看福尔摩斯的架势似乎是要出门旅行，但他之前对此只字未提。正当他从自己房间中拉出一个小皮箱，弯下膝盖忙着给皮箱扣上皮带的时候，车夫上楼来了。福尔摩斯兀自忙着，头也不回地说："来，车夫，帮我扣一下。"

车夫似乎不大乐意，绷着个脸，但还是勉强走上前去。就在车夫伸出两手准备帮忙时，只听见"咔嗒"一声，钢手铐铐上了。福尔摩

斯猛地直起身，对大家说："各位，请允许我向你们隆重介绍一下这位杰斐逊·霍普先生——德雷伯和司特吉逊两起谋杀案的真凶。"

事情发展得太快，我还没反应过来，车夫的手腕上就凭空多出了一副锃光瓦亮的钢手铐。不过，我至今仍记得福尔摩斯当时的神态：他洋溢着胜利的喜悦的脸，神采飞扬的眼神，高亢有力的话语。再看看一旁的车夫，他还在为自己手腕上变戏法似的出现的手铐茫然不已，脸上还显示出下意识的抵抗情绪。我们所有人都惊呆了，雕塑一般立在那儿，过了一两秒钟，车夫反应过来了，他一声怒吼，挣开了福尔摩斯的控制，然后一口气奔向窗口，将窗棂和窗玻璃都撞碎了。福尔摩斯见状立马朝他扑过去，格莱森和雷斯瑞德也扑了上去，三人合力将车夫拖离窗边。接着，他们展开了激烈的搏斗，我也在一旁助阵。车夫非常凶悍，简直像疯子一样。他的脸上和手上已经全是血了，估计是在撞击窗户时割破的，但抵抗的力道丝毫不减，我们一连被他打退好几次。直到最后，雷斯瑞德掐住他的脖子，让他喘不过气来，他才放弃了挣扎。但即便如此，我们还是不太放心，又拿来粗绳子，把他的手和脚都捆了起来。捆好了以后，我们才直起身子，不停地大口喘气。

过了一会儿，福尔摩斯开口说道："正好他的马车还在楼下，各位，咱们送他去苏格兰场吧。"随后又高兴地笑了起来，说："好了，终于告一段落了。现在，关于这宗小小的神秘案件，欢迎大家提问，我有问必答。"

第二部分

圣徒之国

八　沙漠旅人

很多年以来，有一片干旱的荒漠一直阻碍着文明的发展，它沉寂于北美大陆中部，从内华达山脉绵延至尼布拉斯卡，北抵黄石河，南至科罗拉多。但即便是这样一片荒凉的地区，也呈现出多样的自然景色。有崇山峻岭，也有无边荒原。在山岭地带，山巅覆盖着积雪，山底曼延深谷，河流湍急；在荒原地带，冬天时大雪纷飞，夏天时，入眼处皆是灰蒙蒙的碱地。要说这片地区的共同点，恐怕可以用"寸草不生，一片荒凉"八个字来形容。

这里人迹罕至，偶尔有波尼人和黑足人为了去往其他打猎区域而结伴经过此地。但无论一个人多么勇敢，多么坚强，都不愿在此久留，都巴望着快些走出荒原，回到生机勃勃的大草原上。这里的居民只有终日穿行在灌木丛中的山狗，在阴暗的山谷里觅食的灰熊以及翱翔在高空的大雕。

其中，最荒凉的要数布兰卡山脉北麓。一眼望去，只见大片大片的盐碱地被矮小的槲树林隔断。地平线的尽头，山峦起伏，积雪皑皑，闪烁着点点银光。没有生命，也没有与生命有关的事物。天空是铁青色的，不见一只飞鸟；大地是暗灰色的，不见一点动静。侧耳倾听，辽阔的

荒原上没有一点声音。简而言之，这里一片死寂。

不过，若说这里不存在一丁点与生命有关的事物，也不太准确。站在布兰卡山脉上，往下可以看见一条弯弯曲曲的小路穿过沙漠，消失在视线尽头。显然，这条小路是经过无数车辆的车轮的碾轧和无数冒险者的踩踏而形成的。在阳光下，在这一望无际的盐碱地上，小路边点缀着一堆堆白花花的东西，泛着光，显得特别刺眼。走近了一看，却是一堆堆白骨，细而小的是人骨，大而粗的是牛骨。也不知这条长达 1500 英里的恐怖商道上，遗留了多少前人的白骨，而后人们都是踩着这些白骨前进的。

这天是 1847 年 5 月 4 日，一位旅人正独自行走在布兰卡山脉上，他从山上俯瞰到了这荒凉的惨况。他像一个绝地里的精灵，旁人——即便是最有眼力的人，也看不出他到底是 40 岁还是 60 岁。他的脸憔悴瘦削，干羊皮似的棕色皮肤紧紧地包着一把突出的骨头。长长的棕色须发已然斑白，深陷的双眼，射出呆滞的目光，握着来复枪的那只手，上面的肌肉比骨头多不到哪去。他要像挂着拐杖一样挂着枪，才能勉强支撑自己不倒下。他身形高大，体格伟岸，可见他曾经非常强壮。但是，他那瘦削的面庞和罩在骨瘦如柴的四肢上的大口袋似的衣服，使他看起来老朽不堪。他现在又饿又渴，已然濒临死亡。

他跋山涉水，历经千难万险，抱着一丝能够发现水源的希望，好不容易挣扎着来到此地。但是，出现在他眼前的只是一望无际的盐碱地和绵延不绝的荒山，没有一棵树——有树的地方就可能有水。他疯狂地睁大了眼睛，困惑地望向四面八方，最后，他终于顿悟了，他要结束

自己的漂泊岁月了，他要葬身在这片荒崖上了。他低声自言自语着："现在葬身于此，和20年后死在铺好了天鹅绒棉被的舒适大床上又有什么区别呢？"他一边说一边找了一块大石的阴影处，先将枪平放在地上，又卸下了右肩上的大包袱，这才沉沉地坐下。包袱是用一块大大的灰色披肩裹着的，他看上去已经累到极点，没有一点力气了，所以包袱重重地着了地。这时，包袱里传来了哭声，随后钻出一张受惊的、长着明亮的棕色眼睛的小脸，接着又伸出了两只胖胖的小拳头。

"摔疼我啦！"小孩用稚气的口吻埋怨道。

"哦？是吗？对不起啊，我不是故意的。"他抱歉地说着，同时连忙打开包袱，将里面的小女孩抱了出来。小女孩五岁上下，长得非常漂亮，一身精致的装扮说明她妈妈对她无微不至的爱：一件漂亮的粉红色上衣，戴着麻布围嘴，脚上是一双精致的鞋子。她的脸色虽然略显苍白，但小胳膊小腿依旧结实，这说明她并不像她的同伴那样受了很多苦。

"你还好吗？有没有伤到哪里？"看到小女孩不停地揉着后脑勺上蓬松的金发，男人焦急地问道，显然十分担心她。

"那你帮我吻吻这里。"小女孩一脸认真，指着自己头上磕着的地方说，"妈妈平常就是这样做的。妈妈呢？她去哪里了？"

"妈妈先走了一步。不过，我想，咱们很快就会再见到她了。"

"什么？她走了？"小女孩说，"好奇怪啊，她还没有跟我说再见呢。以前她不管去哪儿都要跟我说的，每次去姑姑家喝茶时也会说的。这一次都3天了，她走了3天了。嘴巴好干啊，这里难道一点喝的东西都没有吗？吃的呢？"

"没有，亲爱的，这里什么都没有。忍一忍吧，过一会儿就好了。来，把脑袋靠在我身上，对，这样是不是舒服多了？其实我的嘴巴也很干，每说一个字都非常难受，但我觉得有必要告诉你所有真实的情况。哦，亲爱的，你手里拿的是什么东西？"

"你看！它很漂亮对不对？"小女孩拿着两块云母石高兴地说，"太好了，回家之后我要把它送给鲍勃弟弟。"

"不久咱们就能看到更多比这更漂亮的东西了。"男人语气坚定地说，"等等，这会儿我要跟你说的是别的事。你记不记得咱们上次离开的那条河？"

"嗯，记得。"

"很好。你知道吗？当时咱们估计，很快就能到达下一条河，可是不知道哪里出了问题，不知道是地图错了还是罗盘坏了，还是别的什么东西不对了，总之，之后我们再也没有遇到河。我们的水没了，只剩下最后一点儿，留给像你这么大的孩子们喝。后来……再后来就……"

"后来你都不能洗脸了。"小女孩严肃地打断了男人的话，一边说，一边抬起头望了望男人脏兮兮的脸。

"不只是不能洗脸，亲爱的，我们连喝的水都没有了。"男人继续说道，"后来，邦德先生走了，他是第一个走的，然后是印第安人皮特，再然后是麦克格里格太太和强尼·红斯，最后……最后就是你的妈妈了，亲爱的。"

小女孩哭了："你是说，妈妈也死了！"她用围嘴捂住了脸，开始哇哇大哭。

"是的，他们都走了，就剩下我们俩了。我想着，或许这边可以找到一点水，于是我背着你艰难地往这边走，一步一步地走。可是，没想到……目前看来，情况没有丝毫好转，咱们恐怕没什么希望了，活下去的机会很渺茫了。"

小女孩不再哭了，只是依旧满脸泪痕。她仰着头问道："我们两个也要死了吗？"

"我想是的，亲爱的。"

小女孩突然破涕而笑，开心地说："哎呀，害我吓一大跳。你怎么不早说呢？要是我们也死了，不就又可以见到妈妈了吗？你说是吧？"

"是的，我的小宝贝，你一定会再见到她的。"

"你也可以呀！到时候我一定会告诉她，说你对我非常好。我保证，她一定会在天堂门口迎接我们的。她会拿着一大壶水，还有一大堆热乎乎的荞麦饼，就是那种我和弟弟都非常爱吃的、两面都烤得焦黄的荞麦饼。可是，你说我们还要等多久才会死呢？"

"哦，亲爱的，这个我不太清楚，不过我相信不会等很久的。"男子一边说一边定定地眺望北面的地平线。这时，北面蓝色的天空下出现了3个黑点，正朝这边飞来。黑点越来越大，速度非常快。转瞬之间，可以看清了，是3只褐色大鸟。它们在男人和小女孩的头顶盘旋了一会儿，然后落在他们身后的大石上。这是3只大雕，美国西部称它们为秃鹰——它们的出现预示着死亡的降临。

小女孩望着这三只来势凶猛的动物，显得非常欢快："公鸡！母鸡！"她拍着小手连连叫道，想用叫声惊飞它们，又对男人说，"你说这里也

是上帝创造的吗？"

"当然。"男人回答道。不过，小女孩这个突如其来的问题着实让他吃了一惊。

小女孩说："那边的伊利诺伊州是他创造的，密苏里州也是，但我想这里一定不是他创造的。因为这里一点都不好，连水和树都没有，是不是他忘了？"

男人有些不确定了，试探着说："要不咱们祈祷一下吧，好吗？"

"不是还没到晚上吗？"小女孩表示不愿意。

"没事。祈祷本来就不分时候，我们什么时候都可以向上帝祷告。别担心，上帝绝对不会责怪我们的。现在，你开始吧，还记得我们路过荒野的时候，每天晚上是怎么在篷车里祷告的吗？"

小女孩睁着一双大眼睛问道："奇怪，你为什么不祷告啊？"

"哦，我忘了祷文了，亲爱的。从我长到那把枪的一半那么高时就再也没有祷告过了，不过我想，现在开始祈祷应该也不算太晚吧。请你念一下祷文，我跟着你念。"

小女孩听他这么说便把披肩做的包袱平铺在地上，说："好，那现在你必须跪下来，对，我也要跪下。然后，你要举起手，像这样。你是不是觉得好点了？"

这真是一个奇妙的场景：一个粗犷坚强的冒险家，一个天真无邪的小女孩；一个是憔悴而瘦削的黑脸，一个是胖胖的小圆脸。两个流浪者并排跪在那块灰色披肩上，一起仰望万里无云的天空，一起虔诚地向上帝祷告，祈求他的饶恕和怜悯。一个低沉沙哑，充满沧桑；一个细声细

气，稚气未消，两种截然不同的声音汇合在一起。除了那 3 只凶狠的大雕，没有人看到这个场景。

祷告完毕，两人重新回到大石块下的阴影里，小女孩依偎在她的保护者宽阔的胸膛上，渐渐进入梦乡。男人守着她，看着她睡。过了一会儿，男人也扛不住疲劳，眼皮开始下垂了。这不能怪他，他已经连续三天三夜没有休息过了，现在他无法抵御自然的力量，也合上了沉重的眼睛，头慢慢地垂至胸前，斑白的胡须和小女孩金黄色的头发混在一起。两个可怜的流浪者终于入睡了。

半小时后，辽阔的盐碱地尽头扬起了一片尘土。可惜的是，我们的流浪者没有看见这一幕奇景，虽然他只要再坚持半小时就能看见。盐碱地尽头的动静最初很小，不容易让人察觉，远看还以为是雾气。后来，尘土越扬越高，范围越来越大，仿佛形成了一团灰色的云。毫无疑问，只有一支前进中的庞大队伍才会扬起如此多的尘土。如果此地是一片沃土，那么人们会以为，前方来的肯定是草原上的大队游牧民族和他们的牛群。但这里是一片荒原，是不毛之地，难以想象会出现这种情况。

那团扬起的尘土向两个流浪者所在的峭壁走来了，越来越近。现在，透过弥漫的烟尘，依稀可以看见搭着帆布顶棚的篷车和全副武装的骑士。原来，这是一支向西边进发的大型篷车队伍。前面带头的队伍已经行至山脚，而殿后的队伍依然没有出现在地平线上。突然出现在这片荒原上的队伍声势浩大，双轮车、四轮车络绎不绝，人叫马嘶。但即便是这样的喧闹，都没有吵醒峭壁上那两个可怜的流浪者。队伍中，有人骑在马上，有人徒步行走。很多妇女背着沉重的行李一步一步艰难前行，孩子们则

深一脚浅一脚地跟在车辆周边向前跑着，也有些孩子坐在车上，不时从白色的帆布车篷中探出脑袋，向外张望。显然，这不是普通的移民队伍，而是一支迫于环境不得不迁徙他处的游牧民族。

走在队伍前面的是20多个面容严肃而坚毅的男人，他们骑着马，穿着朴素的手工织布衣服，带着来复枪。他们在山脚停下，似乎正在商量着什么。

"我的兄弟们，往右边走就有井了。"一个头发斑白的人说。他嘴唇紧绷着，胡子刮得很干净。

另一个人说："如果走布兰卡山脉的右侧，我们可以到达里奥·格兰德。"

"水的问题不用担心。我们的真神能从岩石中引出水来，他是不会舍弃他的子民的！"第三个人大声喊道。

剩下的几个人同时说："阿门！阿门！"

说完，一行人正要重新赶路，一个眼神很好的年轻小伙子突然指着他们头顶上那片峭壁惊叫了一声。原来，那峭壁顶上有个粉红色的小东西正在随风飘荡着，因为四周都是灰色的岩石，所以显得格外鲜明。大家顺着年轻小伙子所指的方向看去，都发现了那个小东西，于是一齐勒马，拿起枪警戒。这时，后面更多的人骑着马赶了上来，只听他们都喊着："有红人！"

一位看起来像领队的长者说道："不可能，这里不可能有红人。我们已经离开了波尼红人的住地，在越过前面这座大山之前，应该不会有其他部落居住的。"

一个骑手提议道："司特吉逊兄弟，不如我上去查探一番？"

"算上我吧！""我也去！"十多个自告奋勇的人一起喊道。

长者点头，说："也好。你们把马留在这里，我们在原地接应你们。"

年轻人得到许可，立刻翻身下马，拴好马后便沿着陡峭的崖壁开始攀登，目标就是那个让他们备感好奇的粉红色的小东西。

他们行动迅速，十分矫健，而且悄无声息，非常像那种训练有素的侦察兵。在山下的人们看来，他们简直健步如飞，在坎坷的山石间都能如履平地。最先发现情况的那个年轻小伙子走在最前面，到了峭壁顶上，他突然两手一举，仿佛大吃一惊。后面的人见状，马上赶到小伙子身边，看到眼前的景象后也都愣住了。

峭壁顶上有一小块平地，还有一块凸起的大石头，石头的阴影下躺着一个体格高大的穿着一身棉绒上衣的男人，旁边还睡着一个小女孩。男人的头发和胡须都很长了。他形容枯槁，面如死灰，四肢很长，手脚干瘦。小女孩依偎在男人的胸膛上，雪白而滚圆的小手臂搂着男人黑瘦的脖子。小女孩披着一头金黄色的卷发，稚气未脱的脸上带着一丝调皮的微笑，红红的小嘴巴微微张开，隐约可见两排雪白而整齐的小牙齿。她的小腿白白胖胖的，可以看见白色的短袜和精致干净的小鞋，鞋子上的搭扣在阳光下闪着耀眼的光。她的装扮和她身边的大人形成一种奇异的对比。石头顶上那三只大雕原本对这两个可怜的流浪者虎视眈眈，看见另一行人到来，只得失望地叫了一声，悻悻地飞走了。

叫声惊醒了熟睡中的一大一小，两人惊惶地望着眼前的人们。大人摇摇晃晃地支起身体，望了望山下。他闭上眼睛之前，这里还是一片荒

无人烟的绝境；等他睁开眼睛，却发现四周出现了无数的人、无数的车和无数的马。他不敢相信眼前的一切，便举起自己干瘦的手，凑近了仔细地看，一面喃喃道："上帝，我想这就是他们说的神经错乱吧！"小女孩醒来后一句话也没有说，只是紧紧挨着男人站着，拉着男人的衣角，用孩子特有的好奇目光四处打量着。

来人很快就让这一大一小相信了，大队人马的出现并不是他们神经错乱，也不是幻觉，而是事实，他们有救了。一个人抱起了小女孩，让她坐在自己肩膀上；另外两个人则搀着瘦弱不堪的男人，慢慢地向大部队走去。

男人自报家门："我叫约翰·福瑞厄，起先我们有 21 个人，现在就剩下我和这个小东西了。在南边的时候，他们都死了，没有吃的也没有喝的。"

一个人问："她是你的女儿吗？"

福瑞厄大胆地说："是的。我想，现在她是我的女儿了。她应该是了，因为我救下了她，谁也抢不走她了。从今天起，她的名字就叫露西·福瑞厄。"他好奇地看了看身边这些高大矫健、肤色黝黑的人——他和小女孩的救命恩人，说："不过，我可否问一下，你们是谁啊？我看着你们好像有很多人。"

"差不多有一万人吧。"一个年轻人回答说，"我们是受迫害的上帝的儿女，是天使梅洛娜忠诚的子民。"

福瑞厄说："虽然我没有听说过这位天使的事，但她似乎非常幸运，能够有像你们这样忠实、虔诚的子民。"

"谈论神的时候不要随便开玩笑！"另一个人神情严肃地说，"我们信奉摩门经。摩门经文都是用埃及文字刻在金叶子上的，在帕尔米拉交给了神圣的约瑟夫·史密斯。我们来自伊利诺伊州的纳府城，那里有我们自己建起的教堂。但是，为了逃避蛮横专制的统治和那些目无神明的暴徒，即便让我们在荒漠中流浪我们也毫不后悔。"

一说纳府城，福瑞厄很快就反应过来了，他说："哦，我明白了，原来你们是摩门教①徒。"

这时，所有人异口同声道："是，我们是摩门教徒！"

福瑞厄又问："那你们现在是要去哪儿呢？"

"我们也不知道，但上帝会通过先知来指引我们。你必须去见见先知，他会给我们指示，告诉我们应该怎么安置你。"

说着，他们来到了山脚，立刻有一大群教徒拥了上来，将四面围得水泄不通。有肤色白皙的和蔼妇女，也有嬉笑打闹着的顽皮孩童，更有目光忠实恳切的成年男子。大家齐齐望着这两张新面孔，见他们一个虚弱不堪，一个尚且年幼，都心生怜悯，为他们感叹。不过，护送他们的人并未放慢脚步，而是笔直地穿过人群，来到一辆马车跟前。人们也缓缓地跟在后面，来到马车前。

这是一辆非常高大华丽的马车，车身的制作非常考究，前面套着六七匹马。别的马车多半是两匹，最多不过四匹。马车车夫旁边坐着一个人，那人看上去不超过30岁，他的头非常大，而且神情坚毅，正在

---

① 即耶稣基督后期圣徒教会，教会总部位于美国犹他州盐湖城，由约瑟夫·史密斯于1830年在美国纽约州创立。摩门教盛行一夫多妻制，此制在教内教外都有不少反对之声。

读着手中一本棕色封皮的书。他的外表让人一眼就能看出他是一位领导者。见人群来到自己面前，他放下了手中的书，听完教徒对此事的汇报后，他凝神看着两位流浪者，正色道："要带你们走也可以，但你们必须信奉我们的宗教。我们绝不允许狼入羊群的事发生。我宁愿让你们现在就暴尸荒野，也不愿今后你们成为搅坏一锅粥的老鼠屎。你愿意接受这个条件吗？"

"只要能跟你们走，什么条件我都接受！"福瑞厄加重了语气，他那急切的样子让周围几位稳重的教会长老都不禁笑了起来，只有车上那位领袖依旧一派庄严肃穆。

领袖说道："司特吉逊兄弟，让他留在你那儿吧，给他些食物和水，还有那个孩子。你要给她讲解我们的教义。好了，我们不能耽误太久，动身吧，向郇山①进发！"

"向郇山进发！"所有教徒一齐喊道。随后，领袖的这一声命令像波浪一样，一浪一浪地往后传，直到消失在队伍的最后方。接着，车声隆隆，队伍动了起来。

长老司特吉逊将二人带到自己车上，一边向他们示意车里早已为他们准备好了食物和水，一边说道："你们先在这里休息，相信很快就能消除身上的疲劳。你们必须要记住一点，从今往后你们就是摩门教的教徒了，这是布里格姆·扬的指示。他的话就是约瑟夫·史密斯的话，传达的都是上帝的旨意。"

---

①本是耶路撒冷的地名，是基督教圣地，此处为借喻，用来指代摩门教徒即将居住的地方。

九　犹他之花

关于摩门教徒们在找到最终居所前所受的苦，在此我不打算一一叙述。从密西西比河沿岸到落基山脉西麓，摩门教徒们在这条无比漫长的路上所表现出来的百折不挠和坚韧不拔的精神几乎是史无前例的，他们像顽强的盎格鲁－撒克逊人一样，克服了一路上所有的艰难险阻：野人、野兽、饥渴、疾病以及舟车劳顿。即便是他们当中最坚强勇敢的人，事后想起这些苦难都会感到心有余悸。所以，当他们脚踩犹他山谷的广阔土地，身沐温暖和煦的阳光，又听见领袖宣布，这片从来无人踏足的土地就是神灵赐予他们的乐园，并且将永远属于他们时，所有人都感激涕零，俯首屈膝，顶礼膜拜。

不久，事实证明，领袖不仅有英明果敢的领导才能，还有成熟干练的行政才能。他为新城市制定了很多规划和蓝图，让未来的格局呈现出它的初步面貌。他根据每个教徒的身份和地位，按照一定的比例为他们分配城市周围的所有土地。之前从商的现在依旧从商，之前做工的现在依旧做工。城市里，街道和广场如雨后春笋般相继出现；乡村中，人们修堤筑堰，开沟通渠，垦荒播种，一派热火朝天的生产景象。到了第二

年夏天，大片大片金黄的麦浪翻滚在乡村周围，到处都是一派蒸蒸日上、喜气洋洋的景象。人们还在城市中心建起了一座宏伟的大教堂，眼看着它一天天巍峨、高耸起来。为了纪念指引他们安然渡过无数艰难险阻的上帝，工人们每天都从早到晚在教堂里劳作，里面的刀劈斧砍之声从未断绝。

约翰·福瑞厄和小女孩露西·福瑞厄跟随摩门教徒到达了他们伟大的朝圣之旅的终点，不久，福瑞厄就认露西为义女，两人相依为命。一开始，露西寄宿在长老司特吉逊的篷车中。司特吉逊有三个妻子，还有一个12岁的任性且早熟的儿子。露西很快就恢复了健康，她聪明可爱，虽然早早地失去了母亲，但非常温顺乖巧，所以不久就得到司特吉逊三位妻子的疼爱，她也逐渐适应了这种以篷车为家的漂泊生活。约翰·福瑞厄恢复得也很快，而且逐渐展现出他各方面的才能。他不仅可以充当一位可靠的向导，还是一个勤劳肯干的猎人。因此，他很快赢得了大家的尊敬和爱戴。当他和露西结束他们的漂泊生活，定居在犹他山谷时，所有人一致赞成，除了先知扬和司特吉逊、肯博、约翰斯顿以及德雷伯四位长老外，他们认为福瑞厄应该像其他移民那样，也分得一块肥沃的土地。

就这样，福瑞厄获得了一块土地，并在上面建起了一间结实的小木屋。他是个注重实际的人，既善于为人处世，又磨炼了一手好技艺，而且非常勤劳，身强体壮，总是不知疲倦地在他所得的那块土地上劳作，夜以继日地耕种、改良。于是，他的小木屋慢慢扩大，最后成了一栋宽敞的大别墅。他的耕地也是一派欣欣向荣的景象，收获颇丰。不到3年，

他就超过了周围的邻居；不到 6 年，他的家已然上升到小康水平；到第 9 年时，他已经成了一个富翁；12 年之后，整个盐湖城[1]只有五六个人能与他比肩。他声名显赫，从盐湖到遥远的瓦萨其山区，都少有人能与之相比。

只有一件事不那么如人意，让福瑞厄伤害了摩门教徒们的感情。因为，无论人们如何劝说，如何与他争辩，他都固执地拒绝娶妻，而且从不解释自己为何如此。多少年了，他丝毫未曾动摇自己的决心，一直过着严谨的单身生活。有人指责他不够虔诚，信仰不够坚定；还有人说他是铁公鸡，一毛不拔，不愿意花钱；另外一些人则断言说，此人早年一定经历过一段刻骨铭心的爱情，说不定还有一位大西洋沿岸的金发美女曾经为他肝肠寸断，憔悴而死。不管如何，福瑞厄在其他方面是无可挑剔的，除了不肯娶妻这一点之外，他坚持不懈地奉行摩门教教义，所有人都认为他是一个非常忠诚、正派的人。

露西·福瑞厄 5 岁之后的童年生活绝大部分是在义父的小木屋中度过的，她负责帮义父料理所有的家务。在这里，山间空气清新，林中松脂飘香，大自然像慈母一般养育着这个漂亮的小女孩。不知不觉中，露西悄然长大了，现在已经成了一位亭亭玉立的少女，体态越发轻盈健美，脸颊越发红润可人。每当人们路过福瑞厄田庄时，总会远远地望着那个身姿窈窕的美丽少女。有时，她会像精灵一样穿梭在麦田里；有时，她又像地道的西部少年那样骑在她父亲的马上，展现出优雅而成熟的样子。见此情景，人们常常会回想起他们父女初到此处的岁月，感叹着当年的

---

[1]美国犹他州首府。

蓓蕾今天已经绽放成了一朵娇艳的花。岁月不仅让当初那个落魄的流浪者变成了最富有的农民，也让那个孤苦无依的小女孩变成了太平洋沿岸山区最难得一见的标致美洲少女。

小女孩长大成人了，但第一个察觉到这种变化的并不是和她朝夕相处的父亲，因为这种变化非常微妙，神秘而缓慢，不是一天两天就能显出端倪的，做父亲的很少能够首先察觉。不过，最不容易意识到这一点的还是小女孩自己，直到某一天，她听到某个特定的人的话语，或者触碰到他的手，心中顿时感觉像小鹿乱撞，又是骄傲又是恐惧，直到这时，她才知道，一种来自内心深处的情感，一种新鲜、奇妙、奔放的本性已经开始萌芽了。在这个世界上，几乎没有人会忘记这个萌芽的瞬间所发生的事，他们终其一生都会常常回忆起当年的细枝末节。不过，即将发生在露西·福瑞厄身上的这件事本身就已经非常严重了，所以我们就先不说它对露西以及周围的人会产生何等深远的影响了。

这是一个六月的早晨，天气温暖，摩门教徒们已经忙碌了好一会儿了，无论是田野里还是街道上，都有他们劳作的身影和说话声。他们像一群勤劳的蜜蜂——他们就是以蜂巢作为他们的标志的。近一段时间，加利福尼亚州正值淘金热，而通往太平洋沿岸的大道横跨大陆，正好穿过伊雷克特这座新兴城市，所以现在大道上车水马龙、络绎不绝，全是朝着西边开进的队伍。有从别的牧区远道而来的大片牛群和羊群，也有面色疲惫的大队移民，他们跨越了千山万水，到此处时已经人马困顿，精疲力竭。在这一片混乱与嘈杂当中，有个叫露西·福瑞厄的少女正骑着马巧妙地穿行在人畜之间，她正要去城里为父亲办事。她的马术非常

棒，速度很快，也很大胆，总是不断地催马前行，一心想要尽快完成父亲交代的事。她闪亮的栗色长发在脑后迎风飞舞，精致的脸庞已经因为用力过猛而泛出红润的颜色。路上那些疲于奔命的冒险者们一个个都诧异地望着这位匆匆而过的美丽少女，就连那些只顾埋头运送皮革的印第安人，见到她白皙的面庞也不禁放松了他们一向冷漠、呆板的表情。

到了城郊，露西看到6个面貌粗犷的放牧人赶着一群牛从草原上来了。牛群堵塞了道路，露西等得心焦，决定就这样骑马穿过牛群中的空隙，早些越过障碍。不幸的是，她一进入牛群，后面的牛就都围了上来，聚在一起。这些庞然大物不停地涌动着，把露西困在一片牛的海洋之中。露西只觉得周围全是凸起的牛眼和长长的牛角，好在她平时已经习惯了与牛群相处，所以这种情况并未使她感到惊慌失措。露西仍旧勒紧缰绳，在微小的空隙间策马前进。

但是，也不知是有意还是无意，一头牛的牛角非常不巧地顶到了露西坐骑的侧腹。马受了惊，立刻扬起前腿，疯狂地嘶叫起来。它不停地摇晃着，腾跃着，倘若不是一流的骑手，肯定免不了被摔下马的厄运。情况非常危险，马每动一下就会被牛角顶一下，这样一来，它就更加愤怒和暴躁，更加停不下来了。

露西此时只能紧紧伏在马鞍上，别无他法，因为她只要稍一松手就会葬身在乱蹄之下。她此前从未经历过这种意外，这时已经被马折腾得头晕目眩，加上牛群中散发出的气味浓厚而沉闷，四面已是尘土飞扬，她已经透不过气来了。她的手虽然还能勉强拉着缰绳，但眼看就要松开了。她快要绝望了，快坚持不下去了。

就在这时，一个亲切的声音出现了，这给了露西极大的鼓励，让她相信有人会来救她。的确，一只大手有力地控制住了马嚼子，并在牛群中开出了一条道，很快就将露西连人带马一起拖出了牛群，在安全地带站定了。

"这位小姐，你没受伤吧？"救命恩人问得彬彬有礼。

露西抬起头，看见一张黝黑的脸，粗犷而豪放。她爽朗地笑了，仿佛丝毫不在意刚才命悬一线。她天真地说道："哦，只是把我吓坏了。没想到它竟然被一群牛惊成这样。"

"感谢上帝，还好你抱紧了马鞍。"他语气诚恳。他是一个身材高大的年轻小伙子，骑着一匹骏马，马身上有几块灰色斑点。他面目粗野，穿着一件结实的粗布猎服，身后背着一杆长长的来复枪。

他接着说："我猜你是约翰·福瑞厄的女儿吧，我刚才看见你骑马从他的庄园那边过来。能不能麻烦你见到他的时候帮我问问他，是否还记得圣路易市的杰斐逊·霍普一家。如果他就是我所认为的那个福瑞厄，一定会知道我的父亲，他们曾经是非常要好的朋友。"

露西认真地说："为什么你不自己去问他呢？那样会更好些。"

年轻的小伙子似乎很高兴听到露西这样提议，乌黑的眼睛里满是喜悦的光彩。他说："我本来是这么打算的，而且我也相信，你父亲见到我们时一定会很好地招待我们的。但是，你看，我和我的同伴们在大山里待了足足 2 个月，浑身上下脏兮兮的，顶着这副模样实在不好贸然上门拜访。"

露西说道："他会热烈欢迎你的，还会非常感激你。我也要谢谢你啊。

他非常爱我，要是我被牛群踩死了，他不知道要难过成什么样呢。"

小伙子说："我也会很难过的。"

"你？为什么？我看不出这和你有什么关系啊，再说了，你应该还不是我们的朋友。"

听了这话，这个年轻的小伙子不由得沉下了黝黑的脸。露西见状，大笑着说："哎呀，你看，我不是那个意思。你当然是朋友啦，我们已经是朋友了，你以后一定要来看我们哦。不过，现在我得走了，不然父亲都不会再让我帮他办任何事了。再见啦！"

"再见！"他一边应着，一边脱下头上那顶墨西哥阔檐帽，低头吻了吻露西的小手。露西调转马头，扬鞭催马，绝尘而去。

年轻的杰斐逊·霍普和他的同伴们继续骑着马前行。一路上，他看起来都快怏的，不怎么说话。这2个月以来，他们一直在内华达山脉中寻觅银矿，这次返回盐湖城，是想为他们发现的矿藏筹集资金，以便开采。要是在以前，他对此事的热衷程度绝不亚于他的任何一个伙伴，但今天，这次意外的邂逅把他完全带到了另一个方向——刚才那个美丽的少女夺去了他所有的心神。她像山间的一缕清风，纯净而美好，让他那如火山喷发一般狂放不羁的心得到前所未有的抚慰。眼看着她的身影消失在自己的视线之中，他才猛然醒悟，刚才发生的一切才是他生命中最重要的事，什么银矿，什么资金，一切都不重要了。他的心中萌生了爱情，这种情感已经不再是那种停留在孩提时代的若隐若现、飘忽不定的幻想，而是一种强烈的、一个成熟男人所拥有的那种热烈奔放的情感。他长这么大，行事素来雷厉风行，而且常常能够得偿所愿。所以，这一

次，他发誓，一定要通过坚持不懈的努力赢得少女的芳心。

当晚，霍普就来到约翰·福瑞厄的庄园拜访，之后又来了好几次，终于成了福瑞厄一家非常熟悉的朋友。我们知道，约翰·福瑞厄一向深居简出，极少与外界联系，在犹他山谷的这 12 年，他把所有的心思都放在了他的田庄上。而霍普恰恰非常熟悉外面的情况，于是，他将这些年的见闻一件件、一桩桩都讲给福瑞厄听。他讲得绘声绘色，福瑞厄也听得津津有味，露西则常常在一旁喝彩，表现出极大的兴趣。在那段遍地黄金、充满暴力和暴利的岁月里，霍普属于最早到加利福尼亚淘金的一批人，所以他能够对当年的起落沉浮如数家珍，包括哪些人一夜暴富，哪些人倾家荡产。他曾经做过侦察兵，猎过野兽，找过矿藏，还在农场里做过工。在那些年里，只要一听说哪里有冒险的事，他就立刻赶往哪里。

这些故事使他很快就赢得了福瑞厄的欢心，他对霍普赞不绝口。露西平时只是静静地在一旁倾听，一言不发。不过，她绯红的脸颊和洋溢着幸福的明亮眼睛却瞒不过别人，虽然她憨厚实诚的父亲可能还不曾发觉，但那个名叫霍普的年轻小伙子的眼睛已经敏锐地抓住了这些征兆。他知道，自己已经赢得了她的芳心，她那颗雀跃而年轻的心早已不属于她本人了。

一个夏天的傍晚，霍普纵马在大道上疾驰，直奔福瑞厄庄园。露西站在门口迎接他。只见霍普用力一抛，他手中的缰绳便套在了竹篱护栏上。他沿着直通玄关的小径大步流星地走到露西面前，望着她的脸，温柔地说："露西，我要离开这儿了。"他一边说，一边轻轻地握住露西的两只小手，"我不奢求你现在就跟我走，但是，等我再次回到这儿的

时候，你能跟我走吗？"

露西满面含着羞地说："那你什么时候回来？"

"亲爱的，最多再过2个月，2个月之后我就回来，"霍普说，"到那时就没人可以阻拦我们了，你就是我的了。"

"你问过我父亲的意见了吗？"露西担心地问。

"放心吧，我已经征得了他的同意，只要我和伙伴们发现的那个银矿开采顺利就行。"

露西浅笑着说："那就好。既然你和父亲都已经安排妥当了，我就不多说什么了。"说着，她轻轻地依偎在霍普怀里，将脸贴在他的胸膛上。

"哦，谢天谢地，那就这么决定了。"霍普此时的声音有些沙哑，他禁不住低下头吻她，"天哪，分别是如此让人难受。我觉得我在这里待的时间越长，就越离不开你了。我的伙伴们还在峡谷里等我，我真的得走了。再见了，再见了，我亲爱的露西。不出2个月，你一定能再见到我。"

说着，他艰难地放开了露西，然后迅速收起缰绳，跃上马鞍，头也不回地飞奔而去，仿佛只要他稍一回头，再看一眼站在那儿目送他的可人儿，他就再也走不动了，好不容易下定的决心瞬间就会土崩瓦解了。

露西呆呆地立在门口，久久地望着，直到再也看不见霍普的身影才转身回屋。此刻，她觉得自己是整个犹他山谷里最幸福的姑娘。

十　约翰·福瑞厄和先知的会谈

　　距离杰斐逊·霍普和他的伙伴们离开此地已有三个星期，约翰·福瑞厄的内心一直非常矛盾。一方面，他知道霍普回来的时候自己就要失去宝贝女儿了，一想到此事他就觉得非常难过；另一方面，女儿那明快而幸福的笑脸显然都是因为那个年轻人，这比任何争论都更能说明问题，他不得不接受这种安排。尽管如此，他心中还是有一个早早就决定好了的事情，那就是绝对不能让女儿嫁给摩门教徒，无论如何都不能。他一直认为，摩门教徒的婚姻不算婚姻，反而是一种耻辱，是对婚姻的亵渎。先不论他对摩门教的其他教义有何看法，只在婚姻这一点上，是没有转圜的余地的，他坚决不同意所谓的一夫多妻制。不过，这么多年来，他矢口不提此事。因为他知道，在摩门教的统治区域，发表任何违反教义的言论都是非常危险的。

　　确实，这非常危险，危险到就连教会里德高望重的长老们也只敢在暗处悄悄地谈论他们的个人意见，生怕一句话不对，泄露出去了就会引来杀身之祸。在严酷的教义统治下，之前被迫害的人，现在为了报复，往往都摇身变成了迫害者，而且变本加厉，其迫害手段可以说残忍至极。

那些诸如塞维尔的宗教审判法庭、日耳曼人的叛教律令以及意大利的烧炭党等，他们所拥有的庞大的审判执行组织都完全比不上现在摩门教在犹他州布下的天罗地网。这张无形的网是一个神秘组织，组织成员们行踪诡异，常人很难预料他们的行动。这些秘密审判者几乎无所不知、无孔不入。但人们看不见，也听不到，只知道，一旦有谁胆敢对教会有异心，或者说错一句话，做错一件事，谁就会突然人间蒸发，再也不会有人知道他的下落，也没有人能知道他的遭遇，只留下他的妻儿在家门前望眼欲穿，无望地等待着一个永远不会回来的人。人们对笼罩在自己头顶的这团巨大的阴影一无所知，成天只能担惊受怕，即使在无人的旷野里也不敢对这股压迫势力表达明显的质疑，他们甚至开始习惯这种生活状态。

但其实一开始这股势力只是用来对付叛教的人，后来才演变为大范围的迫害。当时，在一夫多妻制的教条下，成年女性的数量供应开始出现严重不足，这种不足反过来又造成了这一教条的形同虚设。后来，出现了各种诡异的传闻：在印第安人从来没有到过的地方，移民惨遭杀害，旅行者的帐篷被洗劫一空；而与此同时，摩门教长老的深宅大院中却出现了一些新面孔，这些陌生的妇女个个黯然神伤，憔悴不已，整日低声啜泣，面露惊恐。一些在山里待到很晚的猎人和游民之间还流传着这样一件怪事，说在傍晚时分，他们曾看见很多全副武装的匪徒队伍经过，匪徒们骑着马，戴着面具，一声不响地疾驰而去。最初，这些传闻还只是一星半点，十分零散，不成气候，但是越到后来事情越发清晰了。人们通过多次调查和取证最终锁定了一个人，知道这一切都是他所为。时

至今日，"丹耐特帮会①"和"复仇天使"仍然是西部草原上邪恶与不祥的代名词。

有人说恐惧源于未知，但是对于这个罪恶的隐秘组织，知道得越多，恐惧的程度就会越深。谁都不知道组织里的残暴分子姓甚名谁，他们虽然打着宗教的旗号，但执行的却是残酷而血腥的任务。那个在白天听你抱怨先知和教会的朋友，很可能就是晚上冲进你家实施恐怖报复的一员。现在全城人心惶惶，每个人都不再相信自己的邻居和朋友，也不敢再向任何人吐露一点心声。

一天早晨，天气晴朗，约翰·福瑞厄正准备出门到麦田里去，忽然听到前门"咔嗒"一声，门闩被打开了。他走到窗口，向外望了望，看见一个中年男子沿着门前小路径直走了过来，来人体格强壮，头发是浅浅的茶色，正是摩门教的先知布里格姆·扬。福瑞厄大吃一惊，感到非常害怕，觉得他到这里来准没好事。此等大人物怎么会亲自驾临自家庄园呢？福瑞厄连忙赶到门口，上前迎接。扬表现得非常淡漠，板着脸径直来到客厅，一边弯腰落座，一边冷峻地看着福瑞厄说："福瑞厄兄弟，我们都是上帝忠实的信徒，我们一直把你当成我们善良的朋友。当你快要饿死在沙漠中的时候，是我们伸出援手救了你，分给你食物和水，带你来到这片上帝赐予的山谷，还给了你一大片土地，让你在上面耕作。你是在我们的保护下才渐渐发家致富、羽翼丰满的。我说的没错吧？"

"没错。"福瑞厄老实回答。

①摩门教里一个隐秘而邪恶的流派。

"那好。那你应该记得，为了你所得到的这一切，我们只提出过一个要求，那就是你必须信奉我们摩门教，并且严格遵守各项教条。你曾信誓旦旦地答应过，你会做到的。但是，我最近接到一些报告。如果报告所言非虚，那你就已经严重违反了教条，没有实践你的承诺。"

福瑞厄连忙摆手否认道："我绝对没有言而无信。请问先知，我到底是哪里没有实践我的承诺？是没有缴纳公共基金，还是没有去教堂做礼拜，还是……"

"那你告诉我，你的妻子们呢？她们在哪儿？"扬一边环顾四周，一边说，"把她们请出来让我见见吧。"

福瑞厄答道："哦，我确实没有娶妻。但我知道，城里的女人已经不多了，其他人也许比我更需要她们。而我并不孤独，我还有我的女儿在身边照料我。"

"我来这里就是为了你的女儿。"扬说道，"她已经长大了，而且是远近闻名的美女，堪称犹他之花，很多地位显赫的人都看上她了。"

福瑞厄一听这话，心中叫苦不迭。

扬继续说道："外面传闻她已经和某个异教徒订了婚，这样的传闻很多，但我不愿意相信，我觉得那肯定是爱嚼舌根的人胡编乱造的。不过，我要提醒你，你还记得圣约瑟·史密斯经文中的第13条吗？这一条说：'摩门教中的每个少女都必须嫁给上帝选中的子民，嫁给异教徒等于犯下滔天大罪。'福瑞厄，既然你已信奉我教教义多年，为何又纵容你的女儿去破坏它呢？"

约翰·福瑞厄默默地听着，不曾答话，手中不停地摆弄着一根马鞭。

"这个问题正好可以考验你对教会的忠诚度，四圣会也是这么决定的。你放心，你女儿还年轻，我们不会完全不给她选择的机会，更不会让她嫁给一个老头子。我和长老们的'小母牛'①已经不少了，只是我们的下一代还需要一些。像司特吉逊的儿子，还有德雷伯的儿子，他们都对你的女儿倾慕已久，相信他们会非常乐意把她娶回家的。让她从中选一个吧，这两个年轻的后生有钱有势，而且信仰纯正。你觉得呢？"

福瑞厄还是一声不吭，他的眉头紧锁着，沉默了半晌，才开口说道："这样吧，我希望您能给我们一些时间。您看，我女儿还小，还不怎么懂事，她还没到适婚年龄呢。"

"一个月，"扬站起来说，"我只给她一个月的时间考虑，之后她必须给我答复。"说完便朝外面走去。走到门口时，他突然回头，目露凶光，脸也涨得通红，厉声呵斥道："约翰·福瑞厄，别不知好歹，妄想以卵击石。你违抗四圣会的命令试试，你会后悔当年为什么没死在布兰卡山上！"他撂下这一番狠话，还充满威胁意味地挥了挥拳头，然后头也不回地走了。不一会儿，门外就传来了他重重地踩在门前小路上的声音。

福瑞厄愣愣地坐在那里，将手肘撑在膝盖上，思考着该如何跟女儿开这个口。这时，一只柔软的小手握住了他的手，一抬头，女儿露西竟然不知什么时候来到了自己身旁。他一看到女儿煞白的脸色和惊恐的眼

---

① 摩门教的一任首领 H.C·肯博曾在提起他的一百个妻子时用过此词。

神，就知道她已经听见了刚才的谈话。

"我不可能听不见，他那么大声，整个屋子里都是他的声音。天哪，爸爸，亲爱的爸爸，我们该怎么办？"

"别怕，"福瑞厄拉了拉女儿的手，让她靠得更近了些，然后用粗糙的大手轻轻抚摩着她美丽的金色长发，说，"总会有办法的，我们一定会想出一个好办法来的。我相信，你对霍普那个小伙子的爱情是坚定的，不会被冲淡的，对吗？"

露西只是默默无言，隐隐地啜泣着，紧紧握住父亲的手。

"哦，当然，我希望你说不会。他是个不错的小伙子，很有前途，单凭他是个基督徒这一点，他就比这儿的人强上百倍。这里的人，无论怎么祈祷，怎么说教，都不及他。我知道，明天一早会有一队人马出城，往内华达进发。我打算托他们给霍普送一封信，好让他知道咱们现在的处境。凭我对他的了解，他一定会火速赶回来，就像发电报那样快。"

听到这番话，露西终于破涕为笑，说道："我并不担心他，我相信他回来之后，一定会为我们想一个万全之策的。我担心的是你，爸爸。我曾听说——听说反抗先知的人都没有好下场，还说他们一个个都遭到了可怕的报复。"

福瑞厄说道："如果我们真的进行了反抗，那我们就得好好防备。但我们目前还没有反抗他，对吗？我们还有一个月的时间，整整一个月。等这一个月的期限一到，咱们就逃出去，逃出犹他山谷！"

"好，我们离开这儿！"

"嗯，就这么办！"

"但是，我们的田庄怎么处理？"

"我们可以变卖它们，换成现钱。卖不掉的就放在那儿吧，不管了。露西，你知道吗？其实，这个想法并不是我现在才有的，我老早就想这样做了。倒不是说我不愿意屈从在某个人之下，像这里的所有人一样屈从于那个万恶的先知。我其实并不计较这些。我只是向往自由，我是一个自由的美国人，我实在看不惯这里的一切。可能是我太老了，学不会他们那一套做法。不过，别担心，他要是真的来我们家横行霸道，我也不怕，我会让他们知道迎面而来的猎枪子弹到底是什么滋味！"

露西似乎还是有些疑虑，她说："但是，他们不会轻易放过我们的。"

福瑞厄语气坚定地安慰道："没事。霍普回来之后，我们很快就能逃出去了。不过，我的乖女儿，在此期间，你千万不要过于担心，不要想太多，也不要整日哭红了眼睛。不然，被霍普瞧见，可要责怪我这个老头子没有照顾好你啦。不用担心，没什么好怕的，也没什么危险。"

话虽如此，露西却在当晚就发现父亲一反常态地做了不少防备工作，他非常仔细地把各扇门都加固了，还谨慎地一一加上门闩，又取下自己卧室墙上的那把旧猎枪。由于很久没有用，猎枪已经生锈了，他细心地将它擦拭干净后装上了子弹。

十一　逃　亡

第二天一早，福瑞厄就去了盐湖城，找到了那位即将前往内华达山区的朋友，托他将一封信带给杰斐逊·霍普。福瑞厄在信里介绍了目前的危急情况，并请他尽快回来。办妥此事后，福瑞厄老人的神经才稍微放松了一些，于是带着比较愉快的心情回家了。

但他一走近田庄，就发现了异常——自家大门的两根门柱上各拴着一匹陌生的马。他急忙走进屋里，发现客厅里多了两个陌生的年轻人，一个躺在摇椅上，一个站在窗前。躺在摇椅上的那个长着一张苍白的长脸，两条腿翘得很高，似乎要伸进火炉里去；站在窗前的那个则面貌丑陋，一副盛气凌人的样子，两手插在裤子口袋中，嘴里不停地哼最近传唱度很高的赞美诗。

看见福瑞厄进来，两个年轻人各自向他点头示意。躺着的那个首先开口说道："你还不认识我们吧。我来介绍一下，这位是德雷伯长老的儿子，我是约瑟夫·司特吉逊。当上帝仁慈地将你们带入善良的羊群时，我们也在场，我们曾经与你们一同行走在沙漠里。"

站在窗前的那位开口了，他鼻音很重："终有一天，上帝会将所有

人都引渡到我们中来。这是一个漫长的过程，但精细得没有一丝疏漏。"

福瑞厄将身体微微前倾，冷冷地行了一个礼。他已经明白了这两个客人的身份了。

司特吉逊说："我们的父亲指示我们来向你的女儿求婚，所以，现在请你们父女看看，我们两人你们更中意谁。哦，说明一下，我现在只有四个妻子，而德雷伯兄弟已经有七个了，所以我觉得我的需求量更大一些。"

"不，不，司特吉逊兄弟，"另一位大声说道，"问题不在这里，而在于我们能养活多少个。你别忘了，我父亲已经把他的磨坊传给我了，我现在可比你富有。"

"但我比你更有希望！"司特吉逊激动地说，"等上帝把我家那个老头子召唤回去的时候，我就可以得到他留下的硝石工厂和皮革工厂了，我还能继承他的位子，成为长老，那时候，我的地位就会比你高出不知道多少啦。"

"是吗？"德雷伯一边端详着镜子里的自己，露出夸张的笑容，一边说道，"那现在只好让我们的露西姑娘来决定啦，我们应该尊重她的选择。"

约翰·福瑞厄一直站在门口，听到这段话他简直要气炸了，恨不得立马抽起马鞭，对着那两个家伙的脊背就是一鞭子。他大步走到他们面前，厉声喝道："你们给我听着！我女儿愿意让你们来，你们才能来；她没让你们来的时候，别让我看见你们！"

　　两个年轻人没想到福瑞厄会是这种反应，都惊讶地瞪大了眼睛。他们原以为，自己是身份地位都无可挑剔的摩门教徒，这般争着抢着要娶福瑞厄的女儿，对福瑞厄父女来说是一种无上的荣耀。

　　见他们还愣在原地不走，福瑞厄又大声喝道："不知道怎么走吗？我告诉你们，有两条路，要么走门，要么跳窗。你们自己选吧！"

　　他深棕色的脸上凶光毕露，粗糙的大手青筋暴起。两位客人显然被这阵势吓坏了，于是连忙起身，灰溜溜地撒腿跑了出去。

　　福瑞厄来到门口，扬声挖苦道："请你们两位先回家商量，决定好了哪一位更合适之后，再直接通知我们就好。"

　　司特吉逊的脸由于生气变得煞白，他边跑边叫："你会后悔的！你公然违抗先知和四圣会，你是在自寻死路！"

　　德雷伯也跟着喊："上帝会惩罚你的！他会用他的手重重地惩罚你，他能让你生，也能让你死！"

　　福瑞厄怒吼道："好啊，横竖是死，那我就让你死在我前面！"说着便准备冲上楼去拿猎枪，却被露西一把拉住了。不等他挣脱露西的控制，外面已经响起了马蹄声，于是他只好作罢。他们已经走远，追不上了。

　　"两个混蛋！"福瑞厄一边擦汗，一边大声咒骂道，"满嘴胡说八道。我可怜的女儿，你要是嫁给他们，还不如直接死了算了。"

　　露西赞成地点了点头，说："是的，我也是这么打算的。不过，爸爸，霍普马上就要回来了。"

　　"是啊，他就要回来了，我希望他能尽快回来，越快越好，因为眼

下我还不知道那些人下一步会怎么做。"

　　事实的确如此，此刻正是最紧要的关头，情况非常危急，坚强的福瑞厄和他的义女迫切需要一个人来为他们出谋划策，帮助他们脱离困境。在这片移民区，此前从未出现过这种公然反抗先知和四圣会的事情，教徒们犯了一丁点小错都会惨遭横祸，更何况是这样大逆不道的事呢？难以想象福瑞厄父女会落得怎样悲惨的下场。福瑞厄知道，自己的财富和地位毫无用处，之前就有很多和他同样有名、同样富有的人莫名其妙地消失了，留下的财产全部被教会没收。福瑞厄无疑是非常勇敢的，但明枪易躲暗箭难防。任何明面上的危险，他都可以咬咬牙挺过去，但对笼罩在自己头上的这种无形的恐怖他毫无办法，一想起来就会全身发抖。不过，尽管这种惶惶不可终日的状况非常难以忍受，但面对女儿露西时，他还是装出一副泰然自若的样子，不让她察觉到自己内心的恐惧。然而，聪明的露西早就看出了端倪，她知道自己的父亲正在提心吊胆，惴惴不安。

　　福瑞厄料定先知扬会以某种方式对自己加以警告，只是万万没想到会是以这种方式。

　　第二天一早，他起床时发现被子上钉着一张纸条，而且是钉在正对着自己胸口的地方。纸条上有一行字，字迹歪歪扭扭，但力道粗重：

　　　限 29 日之内改邪归正，否则——

　　句尾这一道横线的恐吓效果不亚于任何一种方式。福瑞厄想破脑袋

也想不出这个警告到底是怎么进入他的房间的。所有的门窗都插好了插销，仆人们住的地方和他们父女住的屋子又是隔开的。福瑞厄没有对女儿提起此事，只是将纸条揉作一团。但这个警告还是让他心惊胆战，先知扬定下的期限还剩 29 天，纸条上又写着"29 日之内"。对于这样一个拥有不可思议的力量的人，单靠匹夫之勇，如何能取胜？在被子上钉上纸条的那只手，完全可以当场就一刀刺进他的心脏，要了他的命，让他永远不知道凶手是谁。

第三天早晨，事情升级了，福瑞厄震惊不已。他本来要和女儿坐下来吃早餐，却见女儿突然惊恐地指着天花板大叫起来。原来，不知道是谁在天花板的正中央用烧焦的木棍画了一个大大的"28"。女儿问是什么意思，福瑞厄没有回答。这天晚上，他通宵未眠，紧紧握着自己的猎枪，时刻防备着。整个晚上，他什么都没听见，什么都没看见，却依然在黎明到来时，看到大门上画着一个大大的"27"。

日子一天天过去，太阳每天照常升起，福瑞厄每天都会在明显的地方发现隐秘的敌人写下的数字，昭示着自己还剩下多少天。墙上、地板上、花园门上、栏杆上，这些致命的数字无处不在。福瑞厄虽然百般戒备，也仍旧发现不了数字是在什么时候写下的。他像中了邪一样，一看到这些数字就惊恐万分，整日寝食难安。他一天比一天消瘦，一天比一天憔悴，他像一只正在被追杀的野兽，仓皇地东奔西窜，满眼尽是惊骇的神色。他把所有希望都放在了那个远方的青年身上，那个即将从内华达山区归来的年轻猎人。

20 天变成了 15 天，又变成了 10 天，倒计时还在继续，远方的青年却依然毫无消息。每当听到大路上响起马蹄声、车夫的吆喝声，年迈的福瑞厄都要跑到门口张望，以为是霍普回来了。最后，期限只剩下 5 天，4 天，3 天了，他开始绝望，渐渐放弃了逃跑的想法。他上了年纪，已经很久不上山打猎了，所以不再熟悉移民区四周的大山里到底是什么情况，而通往外界的大路上一定有人严密把守。他独木难支，看来是大祸临头、在劫难逃了。不过，老人保护女儿的决心并没有动摇，他宁死也不会眼睁睁地看着女儿受辱。

这天晚上，老福瑞厄独自一人坐着，苦苦地思索着出逃的办法，却依然徒劳无功。今天早上在墙上发现的那个"2"字已经说明了一切，明天就是最后一天了。他不知道明天会发生什么，脑海中不断闪过一些模糊而可怕的场景，也许那就是他们父女的下场吧。如果他死了，他可怜的女儿该怎么办？他们真的逃不出这张天罗地网吗？他一想到自己竟是如此无力，连女儿也保护不了，不禁趴在桌上呜咽起来。

什么声音？此时夜深人静，他听到了一丝轻微的沙沙声，仿佛什么东西在地上爬行。声音很轻，是从大门那儿传来的。福瑞厄悄悄来到客厅，屏声静气地听着门外的动静。不一会儿，沙沙声又响起了，像是有人在轻声叩门，这让福瑞厄不禁毛骨悚然。莫非是那个来执行秘密法庭下达的暗杀指令的人？或者是奉命来写下"1"字的某个教会的狗腿子？福瑞厄顿时觉得，与其这样日复一日地提心吊胆，还不如一刀了结来得痛快。想到此，他索性走到门前，推开门闩，打开大门。

十一　逃　亡

外面一片寂静。放眼望去，繁星闪烁，夜色朗清。门前是花园和竹篱护栏，还有一道小门。花园里，大道上，不见一个人影。福瑞厄松了一口气，正要回身关门，却见脚下直挺挺地趴着一个人。

福瑞厄吓了一大跳，惊恐万分地往墙上靠去，还用手捂住了自己的嘴巴，这样才勉强没有惊叫出声。他以为这个趴在地上的人是个受了重伤或者将死的人，才不得不爬行前进，但凝神一看，却见那人像蛇一样灵活地移动着手脚，并迅速爬进了客厅，然后嗖地站起身关上了门。福瑞厄看清他的脸之后，顿时惊得目瞪口呆。原来，这个表情坚毅、狠劲十足的人正是自己日盼夜盼的杰斐逊·霍普。

"哦，天哪，"福瑞厄喘着气说，"你真是吓坏我了，为什么要爬着进来？"

"先给我来点吃的吧，"霍普声音嘶哑地说，"两天两夜了，我一口东西都没吃。"看见餐桌上还有没动过的晚餐，他直冲过去，一把抓起冰冷的肉块和面包就往嘴里送，嚼都没嚼就吞下去了。

吃饱后，他抬头问道："露西怎么样？"

福瑞厄答道："她很好，还不知道现在的危险情况。"

"那就好。这座庄园四面都有人监视，所以我才爬着进来。他们也挺厉害的，不过，和一个来自瓦休湖的猎人比起来，他们还差那么一截。"

福瑞厄现在与之前那副担惊受怕的样子判若两人，霍普的到来给他吃了一颗定心丸，他有帮手了，而且是一个靠得住的帮手。他紧紧地握住霍普粗糙的手，满怀感激地说："我真为你感到骄傲，这世上

除了你再也没有人愿意和我们共渡难关了。"

霍普说道："是的，的确如此。说老实话，虽然我一向非常尊敬您，但是，如果事情只关乎您一人，我在一头闯进这个马蜂窝之前，还是会考虑再三的。但是，现在是露西有难，我是为她而来的。我能在他们动手之前就和露西远走高飞，从此整个犹他州就再也没有姓霍普的人了。"

"那我们现在应该怎么做？"福瑞厄问道。

"明天就是一个月期限的最后一天，我们必须今晚就开始行动，不然就来不及了。我在鹰谷那里准备了两匹马和一头骡子，方便我们赶路。您现在一共有多少现金？"

"2000 金币和 5000 纸币。"

"足够了，再加上我这里的一些。我们要穿过大山，去往卡森城。您现在可以去叫醒露西了，我们马上出发。还好仆人们不是睡在这边的屋子里，我们行动起来很方便。"

就在福瑞厄叫醒女儿准备上路的这段时间里，霍普收集了屋子里所有能够找到的食物，并将它们包好，又把一个瓷瓶灌满了水。他常年在山中行走，所以很有经验，知道山里水井很少，就算有也相隔很远。待他收拾妥当，福瑞厄和露西也走了出来。露西和霍普这对恋人久未相见，不免依偎在一处亲密地问候了一番，但也只是一小会儿。因为他们都非常清楚，现在时间紧迫，还有很多事情没有完成，不能浪费一分一秒。

霍普压着嗓子坚定地说："我们必须立刻出发。我知道前后门都有人监视，但我们可以从旁边的窗户跳出去，只要小心点就没事。等我们

穿过田野，上了大路，再往前走2英里就是鹰谷了，那儿有我备好的马匹。我们要在天亮前翻过半座山。"他说话时带着一种破釜沉舟的气概，仿佛明知前方危险重重却仍然义无反顾。

"如果遇到阻拦怎么办？"福瑞厄问。

霍普闻言一笑，目露凶光，拍了拍并没有被衣襟完全遮住的左轮手枪的枪柄，说道："就算他们人多势众，我怎么着也要拖几个垫背的。"

这时，屋内一片漆黑，福瑞厄从窗口向外望去，外面是一片曾经属于他的土地，现在，他要永远地放弃了。每每想到这一点，他的心中就有些遗憾。但是，为了女儿的名誉和终身幸福，这种牺牲并不算什么。别说是一片土地，就是倾家荡产他也是毫不犹豫的。这里有一望无际的宁静原野，也有沙沙作响的美丽树林，谁也不会想到，这样美好的地方却栖息着一群残酷暴虐的杀人魔王。转头看看年轻的猎人霍普——福瑞厄一家的救星，只见他脸色惨白，神情紧张，显然，在他艰难爬进屋中的时候，已经弄清楚了他们所处的环境是多么恶劣。

他们一行三人，杰斐逊·霍普带着少量的食物和水，约翰·福瑞厄带着装有现金的钱袋，露西·福瑞厄带着自己的一小包贵重物品，慢慢地、谨小慎微地打开窗子，趁着一片乌云遮住月亮，让周围暗下来的间隙，一个个跳窗而出，钻进了外面的小花园里。随后，他们弯着腰，屏声静气，小心地踩着深深浅浅的步子穿过花园，来到了竹篱护栏边一块昏暗的地方。他们沿着护栏悄悄地往前走，一直走到了麦田的缺口处，就在这时，霍普猛地一把抓住福瑞厄父女，将他们拖到了隐蔽之处。三个人浑身发

抖地伏在那儿，大气都不敢出。

原来，霍普由于常年在草原上打猎，久经磨炼，耳朵的敏锐程度犹如野生山猫。他听见不远处有动静，所以立刻隐蔽了起来。他们刚伏下身子，就听见离他们只有几步远的地方响起了一声凄惨的啼叫，很像猫头鹰的叫声。紧接着，不远处也响起了同样的叫声，仿佛在呼应上一声啼叫。随后，一个模糊的人影出现在了他们之前走过的那个缺口处，他又叫了一声，似乎这种叫声是他们的暗号，很快，另一个人从暗处走了出来。

先到的那个人说："明天半夜，猫头鹰叫三声后动手。"看来是一个领头的。

"好的。"后到的人说，"要转达给德雷伯兄弟吗？"

"要。让他再转给其他人。九到七。"

"七到五。"

说完，两个人便各自静悄悄地走了。听得出来，最后这两句应该是某种问答式的接头暗号。待来人走远，听不到脚步声之后，霍普立刻站起身，扶着福瑞厄父女穿过缺口来到麦田里，然后用最快的速度带着二人飞奔起来。露西此时已经有些力不从心，跟不上脚步，霍普只好拖着她尽快往前赶。

"快！快跑！"霍普也有些气喘吁吁了，但还是不停地催促着，"已经过了警戒线，接下来就靠我们的速度了。要快，快点！"

他们终于上了大路，速度也比在麦田时快了不少，途中也碰到过人，

不过都被他们窜进麦田里躲过去了。他们尽量避人耳目，以免被人发现行踪。将要出城时，霍普领着父女俩拐进了一条既狭窄又崎岖的小道，眼前浮现出两座巍峨的大山，黑暗中看得不是很清楚。这是通往山间的路，也就是他之前所说的鹰谷，他备好的马匹就在前面等候着。霍普凭借分毫不差的记忆，在乱石间准确地找到前进的路。最后，他们沿着一条干涸的小溪来到了一处隐秘的地方，那儿有山石构成的天然屏障，还有拴得好好的两匹马和一头骡子。露西骑上了骡子，福瑞厄和霍普则各骑一匹马，霍普在前头，领着父女二人在崎岖坎坷的山路中前进。

可以说，这条路的险峻程度绝对会让从未见识过大自然原始面貌的人望而却步。在这条弯弯曲曲的山路上，一侧是无法通行的乱石岗，险象环生；一侧是黑压压的千丈绝壁，绝壁上怪石嵯峨，仿佛随时都有落下来的可能，一道道凸出的石脊就像魔鬼身上的肋骨。山路时宽时窄，狭窄处只容一人通行。不过，尽管山路崎岖无比，只有精于马术的人才能勉强通过，但这三个逃亡者感到非常轻松愉快。因为他们非常清楚，越往前走，就离他们刚刚逃出的那片暴虐恐怖之地越远。

但是，当他们走到最荒凉的路段时，他们才发现自己高兴得太早了，他们还没有逃出那个杀人魔王的统治范围，因为这时露西突然惊叫了一声，用手指着他们上方一块能够俯瞰山路的岩石。在夜色笼罩下，岩石显得黝黑而单调。原来，岩石上设有一个岗哨，一个哨兵正站在上面。下面的三个人都抬头看到了那个哨兵，哨兵也发现了他们，幽静的峡谷里响起了哨兵的喊声："谁在那儿？"

"我们是前往内华达山区的旅行者。"霍普一边朗声答话,一边暗暗握住了挂在马鞍上的来复枪。

哨兵似乎对他们的回答不太满意,手指扣上了扳机,叫道:"谁允许你们通过这里的?"

"四圣允许的。"福瑞厄答道。依据以往自己在摩门教中的经验,他知道四圣是教会的最高权威。

"九到七!"哨兵说。

"七到五!"杰斐逊·霍普立刻回答。他记住了在花园里听到的这句接头暗号。

哨兵说:"过去吧!愿上帝保佑你们。"

过了这道关卡,前方的路顿时开阔了起来,马匹也可以跑起来了。他们回头望了望那个岗哨,看见那个哨兵依然拿着枪,一个人定定地站在那里。这时,一行三人终于松了一口气,他们已经穿过了摩门教统治区域的边防隘口,他们离自由不远了!

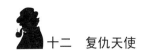

十二 复仇天使

　　三个人艰难地走在山道上，路面崎岖不平，乱石满地，还有很多错综复杂的岔道。他们迷了好几次路，还好霍普是个熟悉山中情况的优秀猎人，每次他都能将大家重新带上正确的道路。快天亮时，三人来到了一块景色奇丽的地方，看上去非常荒凉却又很壮观。这个地方四面环山，山顶都覆盖着积雪。山道两侧都是悬崖峭壁，峭壁上还长着很多落叶松，下面的人抬头看上去，那些悬在头顶的松树仿佛只要一阵风吹过就会滚落下来，压在人们身上。这不是危言耸听，在他们前进的途中，的确曾有一块巨石滚了下来，当时，整个峡谷都回荡着轰隆隆的声音，本来就已经非常疲惫的马匹被吓得四面奔逃。

　　黎明终于到来了，一轮红日从东边缓缓升起，连绵的群山像盛宴上串起的灯笼，被红色的霞光次第点亮。渐渐的，所有的山峰都泛出一片耀眼的微红。世界明亮起来了，这情景让三个逃亡的落难者一时精神大振，不觉加快了脚步。之后，他们来到了一处谷口，这里有一条奔涌而出的小溪，他们停了下来，让马儿们喝点水，自己则匆忙吃点东西，算是早餐了。福瑞厄父女还想多歇息一会儿，但霍普执意立刻上路，他说：

"他们很快就会沿着痕迹追上来的，我们要加快速度才行，不然就功亏一篑了。别担心，只要到了卡森，我们就可以好好休息了，想休息多久都行。"

于是，接下来的一整天他们都在赶路，走的还是山路。直到傍晚，粗粗算了一下，他们已经离开敌人的巢穴30多英里了。入夜之后，为了躲避寒风，他们在一块向外凸出的岩石下面坐了下来。三个人紧紧地挨着，互相取暖，但只睡了几个小时，天还没亮就又出发了。由于这一路上都没见到追兵，霍普以为他们已经安全了，以为那个一心想迫害他们的组织已经抓不到他们了。

但事实上，那个组织的魔爪到底能覆盖多大的范围，他一点也不了解，而且他万万没想到，这只魔爪已经离他们很近了，马上就要将他们打入万劫不复的地狱了。

就在他们逃出来的第二天中午，他们本就不多的食物储备开始见底了。不过，霍普并没有十分担心，他是一个优秀的猎人，对他来说，大山之中所有的飞禽走兽都能成为人类的食物，他以前就是靠着手中的那把来复枪在山中求生的。现在，他们身处高山之中，海拔足有5000英尺，寒风凛冽刺骨。霍普找了一个既安静又隐蔽的地方，寻了一堆枯枝和干柴，燃起火堆，安顿好父女俩。之后，他拴好马匹，和露西道了个别，就背上来复枪去打猎了。走了一小段距离，他回头看了一下，见一老一少正在火堆旁取暖，两匹马和一头骡子静静地站在后面。他又走了几步，视线就被几块大石头挡住，看不见他们了。

霍普至少在山里走了 2 英里路，但没有任何收获。不过，他在树干和其他地方发现了一些痕迹，这让他非常肯定附近有很多野熊。他执着地搜寻了两三个小时，可还是一无所获。正当他准备回去时，他抬头扫视了四周最后一眼，却看到了一样让他心花怒放的东西：一只野兽就站在离地三四百英尺的悬崖边上。霍普还不知道那是什么，它看上去像一只羊，却长着一对又长又大的角。这个通常被人们称为"大犄角"的家伙正在为自己的同伴放哨，巧的是它正背对着霍普，所以并未发觉他。霍普原地趴下，把来复枪轻轻架在一块石头上，慢慢地、稳稳地，他瞄准了，然后开枪。"大犄角"应声跳了一下，在悬崖上挣扎了一会儿之后就滚下来了。

这只"大犄角"很重，霍普一个人背不动，他只好割下一条腿和一些腰部的肉当战利品，准备带回去。

此时周围已是夜色苍茫，暮霭沉沉。正当霍普抬起腿要往回赶时，他马上意识到自己陷入困境了。只因之前太过专心于猎物，他竟然已经离开了熟悉的山谷。他走得太远了，现在要再次认出来时的路，恐怕要花点工夫了。他觉得他身处的这个山谷一时间变成千沟万壑，处处十分相似，简直无法分辨。霍普硬着头皮沿着一条山沟走了一两英里，来到了一个流水潺潺的山涧。他确定自己之前没有见过这个地方，他知道自己走错了，于是他又换了一条路，结果还是错了。

入夜时分，霍普终于找到了一条熟悉的路。但此时天已经完全黑了，月亮还没有升起来，两侧又都是高耸入云霄的悬崖绝壁，小路上一片漆

黑，虽说是熟悉的路，但想要不再出错，也不是一件易事。霍普背上的战利品十分沉重，加之他整个下午都在奔波，现在已经非常疲惫了。不过，他依然坚定地往前走着，因为自己越往前走，就离露西越近，而且背上的食物很多，足够他们在今后的路上食用。只要一想到这些，他就浑身又充满了力量。

终于，他走到了和福瑞厄父女分别的地方，虽然四周一片黑暗，他还是能辨认出挡住视线的那几块大石头的轮廓。想到他们已经饥肠辘辘地等了自己将近 5 个小时，霍普不觉兴奋起来，用双手在嘴巴上围成一个圈，大声呼唤着他们，请他们欢迎自己的回归。他的声音在山谷里回荡着，整个山谷都是他高兴的呼唤，一阵一阵的。但是，除此之外，再没有别的声音了。他又喊了一声，比刚才那一声更响亮，但仍然没有回应。他有点慌了，一种莫名的恐惧在心中悄然散开，一开始还是隐隐约约的，不一会儿就十分明显了。不容多想，他立刻朝大石头堆后面的隐蔽处冲了过去，慌乱中他把辛辛苦苦背回来的战利品——兽肉也随手扔了。

来到中午生火的地方，他一眼就把现场看得清清楚楚。一片死寂中，一堆灰烬仍然在默默地冒着火星，显然，他走以后就再也没有人为它加柴了。霍普的恐惧变成了现实，他失魂落魄地跑到火堆跟前，周围已经没有一个活物了，马匹、骡子、老人和少女，都消失不见了。想必是在他离开以后，这里发生了一场意料之外的灾难，没有留下丝毫痕迹，也没有一个人幸免。

眼前的一切让霍普惊得说不出一句话来，他只觉得脑子里一片空白，

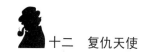

整个世界都在旋转着。他有些支撑不住，下意识地扶住了支在地上的来复枪。不过，说到底他是一个非常坚强的人，很快就从这种眩晕中恢复过来。他走到火堆旁，拿起一根烧得半焦的木棍吹了吹，木棍重新燃烧起来。

借着火光，霍普将周围重新观察了一遍。他看见地面上到处是马蹄印，看来，一定有一大队人马追了上来，然后带走了他们。通过分析脚印的方向，霍普断定那一大队人马又往盐湖城去了。他们是不是把父女俩都带回去了呢？就在霍普几乎要确信这一猜测的时候，他看到了一个让他毛骨悚然的东西。就在离火堆没几步远的地方，有一处隆起的红土堆，不高，但很新。之前这里是没有这处红土堆的，他很肯定。没错，这是一座新坟。

霍普走近土堆，看见上面插着一块木板，木板的裂缝里塞着一张纸条，纸条上只有草草几个字，却非常清晰：

约翰·福瑞厄
生前住在盐湖城
死于 1860 年 8 月 4 日

他才离开半天，那位可敬的老者就这样死了，纸条上的寥寥几个字成了他的墓志铭。杰斐逊·霍普来不及感叹，又慌忙在附近搜寻起来，想看看是否还有第二座坟墓。不过，接下来他什么也没有发现。看来，

露西已经被那帮可怕的教徒带回去了。想不到一番抗争和挣扎之后，她还是走上了她宿命的道路，成了摩门教长老的儿子的小妾。当年轻的猎人霍普意识到这一点，意识到他终究没能帮助她摆脱厄运，而自己又无能为力的时候，他有一种强烈的冲动，恨不得就此跟随年迈的福瑞厄一同长眠于此。

不过最终，他心中积极的一面还是战胜了消极伤感的一面。他的确快要绝望了，但他决定，要是实在别无他法，他还可以用自己的余生来为福瑞厄父女报仇雪恨。他有惊人的毅力和耐心，他向来都是百折不挠，不达目的誓不罢休，正因为如此，他复仇的决心是坚不可摧的。他的悲伤无处排解，连眼前忽明忽灭的火堆都显得那么凄凉，他只有将自己所有的意志和精力都用来报仇，只有手刃仇人，彻彻底底、干净利落地解决掉所有仇恨，他的心才会得到片刻安宁。他这种复仇之心是从哪儿学来的呢？也许是在他跟很多印第安人一起生活的岁月里学到的吧。此刻，他的脸看上去苍白而狰狞，他慢慢地、一步一步地走到扔掉兽肉的地方，捡起它们，又来到火堆旁。他重新燃起快要熄灭的火堆，烤上肉，一直烤，一直烤，直到烤熟的肉能够维持他好几天的食量。他把烤好的肉捆扎在一起，准备上路。此时他已经疲劳到了极点，但他还是迈开脚步，沿着那群被称为"复仇天使"的人的踪迹，一步步往盐湖城走去。

他在山中连续走了五天五夜，走得他筋疲力尽，脚疼痛难忍。晚上，他便胡乱躺在乱石堆里，凑合着眯一会儿。天还没亮时，他就又起来赶路了。到了第六天，他终于走到了鹰谷——他们开始逃亡的地方，也是

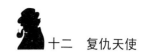

不幸开始的地方。站在鹰谷往下看，可以看见摩门教徒的田地和房屋。现在的霍普已经瘦得只剩皮包骨，憔悴得不成人形了。他一手将他的来复枪当成拐杖拄着，一手握拳，对着脚下这片宁静而广阔的城市不停地挥舞着。他看见城市的主干道上挂满了旗帜和一些节日标语，正想着为什么会如此，忽然，他听见身后响起一阵马蹄声。回头一看，只见一人一马正朝着自己的方向飞奔而来。等那人靠近了，霍普认出了对方，那是一个名叫卡巫奇的摩门教徒。早前，霍普帮过他好几次，所以此时张口向他招呼了一声，看看能不能打听到一点关于露西的消息。

"卡巫奇，我是杰斐逊·霍普，还记得吗？"

这个被唤作卡巫奇的摩门教徒定定地望着霍普，毫不掩饰脸上的诧异之色。也难怪，昔日那个年轻帅气的猎人，今日却是一副流浪汉模样：蓬头垢面，脸色苍白，目露凶光，外加一身破衣烂衫。人们很难将二者联系到一起。不过，等他好不容易确定这个流浪汉确实是霍普时，他脸上的诧异变成了惊惧："你是不是疯了？怎么还敢跑到这儿来？哎，要是被人看见我和你说话，我的脑袋也会保不住的。你前阵子帮助福瑞厄父女违背四圣会的命令一起出逃，现在四圣已经对你下了通缉令。"

"我不怕，"霍普言辞恳切，"通缉也好，追杀也罢，我都不怕。我只恳求你，看在我们曾经是朋友的分上，看在上帝的分上，求你回答我几个问题好吗？我想你一定听说了这件事，请千万不要拒绝。"

卡巫奇还是有些惶恐，他不安地问："那你快说吧，你想问什么？要知道，这些石头，这些大树，它们可都长着耳朵和眼睛哪！"

“谢谢！我想问，露西·福瑞厄现在怎么样了。”

“她啊，她昨天嫁给德雷伯长老的儿子了。嘿，你还好吗？你确定你站得稳吗？你怎么看起来像灵魂被抽空了一样？”

“我没事。”霍普虽然嘴上这么说，但显然已经有气无力了，他的嘴唇煞白，整个人一下子跌坐在一块石头上。他好像没有听清似的又问了一句：“你是说，她已经结婚了？”

“是的，就在昨天。你看，满大街挂的旗帜和标语就是为了庆祝这件事。小司特吉逊和小德雷伯还争执了一番，就为决出谁能娶她。当时他们两个人都参与了追捕，小司特吉逊开枪打死了福瑞厄，因此认为自己有更充分的理由娶她。但是，在四圣会上，德雷伯一派的势力更大，所以先知将她交给了小德雷伯。不过，我想，不管她嫁的是谁，都长久不了了。我昨天看见她的时候，她已经不成人形了，脸上毫无血色。她那个样子，别说女人，就连是人是鬼都不好断定。你这就要走了吗？”

“是的。”霍普站起来说。此刻的他看上去简直比凶神恶煞还可怕，一张大理石雕刻般的脸严肃到了极点，眼神越发坚定，也越发凶狠了。

“你去哪儿？”

“这个你不用管。”霍普一边回答，一边拿起来复枪，大步向山谷里走去。他走到了野兽频繁出没的大山深处，在那里，没有野兽敢靠近他，它们本能地感觉到，此时的霍普比任何凶猛的野兽都更加危险。

卡巫奇的预言不幸应验了。可怜的露西，或许是因为义父惨遭杀害的事，又或许是因为强加到自己身上的这桩婚事，一直茶饭不思，精神

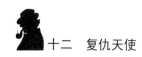

萎靡，面如死灰。嫁给小德雷伯还不到一个月，她就郁郁而终了。说到
她的丈夫小德雷伯，这个混蛋竟然并不感到多么悲伤，事实上他娶她只
是为了福瑞厄的财产。反倒是小德雷伯的几个妻妾为露西难过了一番，
还为她操办了丧事，并依照摩门教的习俗，在下葬前整夜为她守灵。第
二天凌晨，正当她们围坐在灵床边的时候，大门忽然打开了，随即冲进
来一个面貌粗犷、风霜满鬓、破衣烂衫的男人。他完全不理会在一旁惊
作一团的妇女们，径直走向露西的遗体。那具遗体曾经装着露西纯洁的
灵魂，现在只是静静地躺在那儿，苍白，瘦削。他弯下腰，虔诚地吻了
一下那早已冰冷的额头，然后握起她的手，取下了戴在她手上的结婚戒
指，并且发出了一声凄厉的怒吼："她绝对不能和这个东西一起下葬。"
人们还没反应过来，他就已经飞身出门，消失不见了。此事太过突然，
也太过奇特，若非遗体手上的结婚戒指不复存在这一无可辩驳的事实，
目睹这一切的守灵的妻妾们都无法相信，更不用说让别人相信了。

　　杰斐逊·霍普像一个孤魂野鬼，在大山里游荡了好几个月，过着原
始人的生活。他无时无刻不想着报仇。渐渐地，盐湖城里开始流传一种
说法，说有个非常奇怪的人，他不是在深山老林中出没，就是在盐湖城
外徘徊。而在城里，有一次，小司特吉逊险些遭遇暗杀，那颗穿过他家
窗户的子弹打在了离他不到一英尺的墙上；又有一次，小德雷伯差点死
于非命，一块巨大的石头从绝壁上滚落下来，若不是他连忙卧倒在一旁，
恐怕早就被石头压死了。两个人很快就知道了自己被人追杀的原因，他
们带领大队人马，一而再再而三地深入山中，想要抓住那个一心想复仇

的人，最好能杀死他。但是，他们一直都没有成功。无奈之下，他们只好反攻为守，决定谨慎行事，平时绝不单独外出，一入夜就再不出门。他们还加强了住宅周围的警备力量。过了一段时间，那个复仇者好像不再出现了，没人见到他，也没人听到他的消息。于是，两人认为，这些警戒措施可以放一放了。他们希望他的复仇之心能被时间冲淡，不再回来找他们。

但实际上并非如此，霍普的复仇之心非但没有被时间冲淡，反而更加强烈了。他本就是一个百折不挠的人，意志坚强，从不轻言放弃，这段时间以来，他的心中除了报仇就再没有其他情绪了。不过，他也是一个非常注重实际的人。他不久便意识到，自己虽然身强体壮，但也经不住长期这样风餐露宿、过度劳累。不然体力透支之后，像野狗一样暴尸荒山之中，那他的复仇大计就无法实施了。果然如此的话，只会合了仇人的心意。于是他强按下想要马上复仇的冲动，回到了自己以前工作过的内华达矿山中，养精蓄锐，储备足够的体力和金钱，为今后的复仇打下基础。

他原本以为，储备工作最多只需要一年，一年之后他就马上回到盐湖城。可是，天不遂人愿，总是有各种意外和阻挠让他无法脱身，这种状态持续了将近5年。5年，这是一段不短的时间，但霍普的复仇之心比之那个让他肝肠寸断、刻骨铭心的晚上丝毫未减，他的悲痛和绝望一如当年站在约翰·福瑞厄坟前时那样。

5年后，他改名换姓，乔装打扮，准备回到盐湖城。他早已将自己

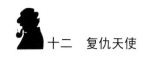

十二　复仇天使

的生死置之度外，只求能够报仇雪恨。他到达盐湖城后，才发觉不妙的消息正在等待着他。就在几个月前，摩门教发生了内乱，教中分裂为年轻一派和长老一派，前者想要反抗后者的统治，导致最后很多心怀不满的年轻人离开了教会。他们相继离开犹他州，成了异教徒，这其中也包括德雷伯和司特吉逊。没有人知道他们俩去了什么地方，只听说德雷伯临走时想方设法变卖了自己的所有财产，因而变得十分富有；而司特吉逊的情况则十分惨淡，甚至可以说非常穷。霍普在盐湖城没有找到任何关于那两个人的线索，这让他十分苦恼。

在一般人看来，如果遇到这么多困难，任凭他的决心有多么坚定，复仇的愿望有多么迫切，此时恐怕都要灰心丧气、半途而废了。但是，杰斐逊·霍普不是一般人，他的决心从未动摇过，他带着为数不多的钱重新出发了，在美国一个城市接一个城市地寻找。没钱了，他就随便给别人打点零工，挣点钱勉强维持生计，之后又继续上路。年复一年，他一直在流浪，一直在寻找，岁月的风霜将他原本乌黑的头发变得斑白。他像一只不达目的誓不罢休的猎犬，把自己余生的所有精力都奉献给了复仇大计。

最终，也许是苍天有眼，终于让他找到了他的仇人。虽然只是透过窗口不经意的一瞥，但他确确实实看见了仇人的脸。他知道了，那两个混蛋此时就在俄亥俄州的克利夫兰市。霍普打定主意后，回到自己破旧不堪的落脚处，做好复仇的所有准备工作。

不巧的是，德雷伯也认出了窗外大街上的流浪汉正是霍普，也发现

了霍普眼中的杀气。于是，他连同司特吉逊（他现在的身份是德雷伯的私人秘书）一起找到一位当地的治安法官，报告说自己的生命受到一个昔日情敌的威胁，那个情敌依然对当年的事记恨在心。当天晚上，杰斐逊·霍普就被当局逮捕了。他没有也找不到能够保释他的人，因此被囚禁了好几个星期才放出来。而等他被放出来之后，他之前好不容易才找到的仇人的住处早就空无一物了——德雷伯和司特吉逊已经离开美国，去了欧洲。

霍普的复仇大计又一次落空了，但他依然没有放弃，心中的仇恨依然激励着他，让他继续追踪。这时，路费没了，他不得不再次停下来工作一段时间，为今后的复仇行动攒下每一分钱。当他终于攒够能维持基本生活的钱之后，便立即出发，去往欧洲。在欧洲，他也像在美国时那样，一个城市接一个城市地寻找，要是钱没了，也是什么活都干，什么脏活累活都接，只是一直没能追上那两个仇人。他刚到圣彼得堡，他们就已经去了巴黎；他再到巴黎，却又听说他们刚刚离开，去了丹麦首都哥本哈根；他又到哥本哈根，可还是晚了，他们已经在几天前就去了伦敦，说是去那里旅行。终于，他在伦敦将他们逼到了死角。

这之后的故事，我们最好还是引用华生医生的日记来讲述。故事的前半段我们已经读过了，至于后半段，华生医生在日记中详细地记载了那个名叫霍普的老猎人的所有自述。

十三　关于华生回忆录的记载

　　显然，这位名叫杰斐逊·霍普的罪犯的疯狂抵抗并非出于对在场的其他人有所怨恨，当他发现抵抗无效时便顺从地笑了起来，还说希望不要因为自己的抵抗而伤害到我们。"你是要送我去警察局吧？"他平静地对福尔摩斯说，"放心，我的马车就在楼下。你们若是想要抬起我，恐怕不会像从前那么容易。所以，如果你们愿意松开我的腿，我可以自己下楼，走上马车。"

　　雷斯瑞德和格莱森互看了对方一眼，一致认为这个提议太过大胆，他们不敢冒这个险。但福尔摩斯痛快地接受了霍普的建议，解开了我们之前合力绑在他脚腕上的绳子。霍普马上站了起来，并伸了伸双腿，仿佛在确认自己是否真的获得了自由。我至今仍记得他的外貌特征，当时我还在心里寻思，很少有人能像他那么高大威猛，黝黑的脸上虽然饱经风霜，神情却依然坚定而鲜活，还有他饱满的精力，这一切都让人无法忽视他的存在。

　　霍普诚恳地注视着福尔摩斯，钦佩地说道："你调查我的方法实在是太缜密、太周详了。我认为你是最适合做警察局长的人，当然，我是

说如果这个职位还有空缺的话。"

福尔摩斯没有答话，只是转过头对雷斯瑞德和格莱森说道："你们俩要不要跟我一起去？"

雷斯瑞德自告奋勇："我来赶车。"

"好。那格莱森就和我们一起坐在车上吧。你呢，华生？我知道你已经对此案产生了浓厚的兴趣，不如你也和我们一块儿去吧？"

我正有此意，于是欣然和他们一起下楼。一路上，霍普都表现得很安静，他默默地走上自己赶来的马车，坐好，没有丝毫要逃走的意思。雷斯瑞德坐在车夫的位子上，不停地扬鞭策马，很快我们就到达了目的地。进入警察局，我们被带到一间小屋，屋子里有一个肤色偏白、面无表情的警官，他机械而呆板地执行着自己的任务，把罪犯的姓名、两名死者的姓名一一记录下来。之后，他冷冷地说道："本周之内，犯人将交由法庭审讯。请问杰斐逊·霍普先生，你在开庭之前还有什么话要说吗？提醒一句，你所说的每一句话都会被记录下来，作为呈堂证供，有可能还会成为为你定罪量刑的依据。"

霍普平静而缓慢地说道："各位，我当然有话要说，而且有很多。我想在这里一五一十地告诉你们。"

警官问道："你在法庭上说不是更好吗？"

"万一我等不到受审的那一天呢？"霍普说，"你们不要误会，我不会自杀的。请问，你是医生吗？"他转过头来问我，一双凶狠的黑眼睛定定地看着我。

"是的，我是医生。"我回答说。

霍普笑了笑，一边用上了手铐的手指了指自己的胸口，一边说道："那请你按一按这里。"

闻言，我伸手按住他的胸口，很快就发现，他的胸腔里有一股不正常的震动，仿佛在一栋危楼里运转着一台强力机器。屋里非常安静，这种胸腔杂音虽然非常微弱，但我还是能清楚地听到。

"难道是动脉血瘤！你……"我惊叫道。

霍普非常平静地说："他们都这么说。上周，我去看了医生，他说我体内的血瘤很快就会破裂，我没有多少日子了。这个病已经有好多年了，而且一年比一年严重。说起来，我还是在盐湖城周边的大山中得的这个病，主要是由于长期风餐露宿，过度劳累。现在，我心愿已了，自己究竟什么时候死已经不重要了。不过，我希望至少能在死之前把事情交代清楚，记载下来，省得我死后，别人还以为我就是一个普普通通的杀人凶手。"

做记录的警官当场与雷斯瑞德、格莱森两位侦探商量起来，讨论此刻是否适合接受霍普提出的要求。

警官转向我问道："在你看来，他的病情真的有突然恶化的可能吗？"

"是的，我认为有这个可能。"我回答说。

"这样的话，那么，为了维护法律公正——获得他的口供本身也是我的职责所在。"警官表示同意了，他说，"好的，先生，现在你可以开始说了。再次提醒一下，你说的每一句话都会被记录下来。"

"那我可否坐下来说？"霍普说着不经人同意便自顾自地坐在了椅子上，"因为这个病，我的身体很容易疲劳。半个小时前，那场和你们之间的打斗已经让病情有所恶化了。放心吧，我不会说谎的，我的一只脚已经踏进了坟墓，没必要再编出什么弥天大谎来。至于我今后会遭到何种惩罚，你们会如何处置我，对我来说已经不重要了。真的！"

说完，他靠在椅背上，开始陈述供词。这些供词是惊人的，但他讲得非常从容，而且条理分明，仿佛对他来说，这不过是一件稀松平常的事。供词是我趁机从雷斯瑞德的手札里一字不落地誊写下来的，而雷斯瑞德又是完全按照霍普的陈述原原本本地记录下来的，所以，我能保证供词的准确性。

"我想，你们可能并不关心我为什么对这两个人恨之入骨，但我还是要说一句，他们是罪有应得。他们害死了一对父女，我只是让他们一命换一命罢了。他们的罪行是在很多年以前犯下的，过了这么久，我已经拿不出什么证据把他们告上法庭了。但我知道他们有罪，我决定了，就算让我一个人充当法官、陪审员、刽子手等所有角色，我也要让他们接受制裁。而且，我觉得，只要是个男人，换了谁都会这么做的。

"20年前，那个姑娘，就是刚才我说的那对父女中的女儿，本来是要嫁给我的，可是被迫嫁给了德雷伯，以致最后含恨而终。我闯进她的灵堂，取走了她手上的结婚戒指。就在那个时候，我发誓，我一定要让德雷伯偿命，还要让他认识到自己为什么死，我要让他临死的时候看着这枚戒指，让他知道自己的罪孽是多么深重。我随身带着这枚戒指，不远万里，一个城市一个城市地追踪德雷伯和司特吉逊，从北美洲一直追到欧洲，终于让我追上了他们。我知道，他们是打算将我拖垮，才满世界跑。但是，我赢了，他们的如意算盘白打了。虽然我有可能明天就会死，但是我可以瞑目了，因为我的任务已经完成了，而且完成得非常好：他们俩都死了，还是死在我的手上。我余生的唯一愿望就是能亲手杀死他们，为福瑞厄父女报仇，现在我的愿望实现了，我已经别无他求。

"他们有钱，而我却身无分文，所以一路追踪他们并非易事。我到伦敦的时候，口袋里几乎连一分钱都找不出了。我意识到，我得马上找份工作，总要先活下去才有力气报仇。由于我已经习惯了赶车和骑马，这两项技能对我来说就像平常走路一样简单，所以，我立刻到一家马车行找了份赶车的工作。我只要每周给车主交一些租金，剩下的全由我自己支配。虽然最后得到的钱不多，但好歹能勉强周转着，维持我的复仇之路。我所遇到的最大困难，恐怕要算认路了。伦敦的道路太难识别了，它的道路系统是我所知道的所有城市中最复杂的。所以，一开始我的工作进行得并不是很顺利，无奈之下，直到我最终弄清这个城市的主要旅馆和车站的位置之前，我都随身带着一张伦敦地图。

"我花了很长时间，在伦敦四处打听那两个家伙的消息，一直

没有什么结果，最后还是在无意间看到了他们，才算确定了他们在伦敦的住所。那是一间公寓，就坐落在泰晤士河对岸的坎伯维尔区。我很清楚，只要能找到他们，他们就无路可逃了，因为我现在已经把胡须留长了，他们绝对认不出我。我一直紧跟着他们，伺机行动。这一次，他们休想逃脱。

"在伦敦，他们走到哪儿我就跟到哪儿。有时候是赶着马车跟着，有时候是一路步行尾随。不过，说起来还是赶车更方便，因为我可以随时跟上他们，他们却无法摆脱我。我白天大部分的时间都在跟踪他们，所以只能在清晨或者深夜拉几位客人，挣些钱。这样一来，我就没有足够的钱给车主支付租金了，但是没关系，只要我能手刃仇人，剩下的都不是我要考虑的事情。

"尽管如此，他们还是差一点就逃了。他们狡猾得很，也知道有人在跟踪他们，所以从来不单独外出，也不会在夜里出门。我赶着马车跟在他们后面足足两个星期，但他们一次都没有分开过。德雷伯倒是经常喝得酩酊大醉，但司特吉逊从来不会有片刻疏于防范。我每天从早到晚都在注意他们的行踪，却苦于一直没有下手的机会。不过，我并没有因此而灰心丧气，因为我有一种预感，我的大仇就要报了，那个时刻就要来临了。我胸口的这个病是我唯一担心的，如果它过早裂开，导致我功亏一篑，那么我真的就要死不瞑目了。

"那天傍晚，当我把马车赶到那个叫托尔奎里的地方监视他们的时候，突然看见一辆马车来到了他们住的公寓门口，随后，公寓里出来了一个拿行李的人，之后便是德雷伯和司特吉逊，他们三个人一起上了车。马车动了，我也赶紧给我的马加了一鞭子，顺势跟了上去，但和他们保持着一段稍远的距离。当时我还非常担心，害怕他们又要改变住地，离开这里。我跟着他们，看见他们在尤思顿车站下了车。我就地找了个小孩子，让他帮我拉住马，自己则走进了车站月台。我在旁边偷听到他们正在询问去利物浦的火车是几点出发，车站的人回答说刚走了一班，下一班至少要等好几个小时。听到这话，司特吉逊看上去非常恼火，德雷伯却非常高兴。我混在人群里，离他很近，所以他们的谈话我听得非常清楚。德雷伯说自己还有私事要办，如果司特吉逊不介意，可以等他一下，他办完事马上就回来。司特吉逊不同意，还提醒他说，他们已经说好了不单独行动，要时刻都在一起。德雷伯则说，他的私事比较特殊，需要自己一个人去办。后来司特吉逊说了什么我已经听不太清楚了，只听见德雷伯开始大声呵斥，说司特吉逊不过是他雇的一个奴仆，没资格对自己的事指手画脚。这位私人秘书感觉自己是自讨没趣，所以不再坚持，只是叮嘱德雷伯，如果他误了最后一班车，可以去附近的郝丽德旅馆，他会在那里等他。德雷伯满口答应，还说自己在 11 点之前就能回到这里，说着便走出了尤思顿车站。

"我知道，我日盼夜盼的机会终于来了，他们再也逃不出我的手掌心了。他们两个要是一直在一起，相互协助，我可能还找不到机会；但是，现在在他们分开了，我的机会就来了。不过，我依然非

常谨慎，没有贸然行事。我早就打算好了，我一定要让仇人在死之前清楚地知道，究竟是谁杀了他，又是为什么要杀他。如果他稀里糊涂就死了，完全不知道自己为什么受此惩罚，那我这仇还不如不报，就算报了也不会让我心满意足。正好，就在几天前，有个客人把钥匙落在我车上了，那个客人那段时间正在查看布瑞克斯顿路的几处房子，落下的那把钥匙就是其中一处的。虽然他当晚就来把钥匙领走了，但我已经在他领走前复制了一把。这下，我就在这个大城市里弄到了一个可以自由使用的地方，安全可靠，而且不易被人察觉。剩下的事情，就是想办法把德雷伯带到那栋房子里去。

"我看见德雷伯一个人走在路上，他沿路进了一两处酒店。在最后一处酒店，他大概停留了半个小时，出来时他已经醉得路都走不稳了，摇摇晃晃的。前方正好停着一辆双轮小马车，德雷伯顺手一招，之后便坐了上去。马车开动了，我紧跟了上去，我的马的鼻子离前面那辆双轮马车的车夫的身子很近，可能还不到一码。①走过滑铁卢大桥之后，我们又在大道上前行了数英里。我感到非常奇怪，因为按照目前的架势，他是要回到他之前的住所了。我虽然不知道他到底要干什么，但还是继续跟着，并且在离那间公寓大概100码的地方停了下来。我看见德雷伯走进了公寓，随后，他叫的那辆马车也走了。哦，麻烦你给我一杯水，我说得有点口干舌燥了。"

---

①当时，双轮马车的车夫是坐在车的最后面的。

我倒了一杯水，递给霍普。他一口气喝完了。

"好的，谢谢！我好多了。我接着说吧。我在那儿等了至少15分钟，之后公寓里就传出了打闹的声音，接着，大门开了，我看见了两个人，是德雷伯和一个我不认识的年轻小伙子。小伙子一手拿着木棍，一手揪着德雷伯的领口，拽着他来到了门口的台阶上，然后就势一推，伸脚一踹，将德雷伯踢到了门口的大街上。他挥舞着木棍怒吼道：'混账东西，看我怎么教训你！竟然欺负良家妇女！'小伙子似乎愤怒到了极点，表情非常吓人，若不是混蛋德雷伯拼命地拖着两条腿抱头鼠窜，逃到了大街上，恐怕要挨上一顿揍了。德雷伯不停地跑，一直跑到拐角处，恰好看见了我的马车，于是连忙招手，示意要上车。他一脚跳上车，说：'去郝丽德旅馆。'

"确定他上了我的车，我简直大喜过望，心都快跳到嗓子眼了。我一边慢悠悠地赶着马车，一边暗自在心底盘算着，该怎么进行才比较妥当。我完全可以一口气将他拉到乡下去，那里荒无人烟，正好能和他把这些年的账一起算算。正当我打定主意就这么办的时候，他自己突然给我指了一条更简单的路。他的酒瘾又上来了，还让我把车停在一家大酒庄外面，吩咐我说让我等等，说着就走了进去。我等了很久，他直到酒庄关门才出来，那时他已经醉得有些不省人事了。我知道，我赢定了。

"别以为我会趁他不备，从背后给他一刀，了结了他。这么做太便宜他了，不过是刻板地走了一道执行审判的过场而已。我是不

会这么做的。之前我就已经想好了，我会给他一个机会，如果他把握住了机会，那说明他确实是命不该绝，我也不会再追杀他。当年，我在美洲流浪的时候，什么工作都干过，包括给约克学院实验室做大门看守以及清洁工。实验室里有一位教授，一次，他给学生们讲解有关毒药的学问时，提到了一种被称为'生物碱'的毒药，并把它拿给学生们观察。他说'生物碱'来源于南美洲，是他从那里的土人制作毒箭时所采用的毒药中提炼出来的，毒性非常强，一滴就可以致命。我暗暗记下了放毒药的瓶子的位置，并在他们离开之后偷偷倒了一点带走了。我非常善于配药，于是我把拿到的毒药做成了一粒粒的小药丸，而且易于溶解。我又做了几粒形状相同的无毒药丸，将它们分放在小盒子里。最后，每个盒子里都有两粒药丸，一粒有毒，一粒无毒。我打算在得手之后，将两个盒子分别给那两位先生，他们每人先各自服下一粒，剩下的则让我来服用。这种做法就像给枪口蒙上手帕，可以无声地置人于死地。我每天都把药丸带在身上，现在，终于到了它们派上用场的时候了。

"那时已是半夜，将近1点钟的样子，虽然外面风雨大作，一派惨淡，我的内心却是兴高采烈的，甚至差一点就要欢快地叫出声来。各位，请你们站在我的立场上想一想，如果你们曾经为了一个目标坚持了20多年，20多年来，你夙兴夜寐，枕戈待旦，当目标近在咫尺时，你们一定会理解我那种雀跃的心情。为了平复自己的兴奋和紧张，我点燃了一支雪茄，缓缓地吐着烟圈。尽管如此，我还是激动得太阳穴突突直跳。我仿佛看见年迈的约翰·福瑞厄和美丽可爱的露西正在马车前方的黑暗中冲我微笑。他们的面容太清晰了，直到我把马车赶到布瑞克斯顿路的空屋门前时，他们都是一左一右地跟在马车旁边，从未消失过。真的，我看见了他们，就像现在我看见这间屋子里的你们一样。

"到了目的地，我扫视了一下，确定四周没有其他人，除了哗啦啦的雨声。我透过车窗看了看车厢里，德雷伯已经醉得不省人事，他蜷缩着，正陷入沉沉的睡眠之中。我摇了摇他的手臂，说道：'客人，您该下车了。'

"'好，车夫，我这就来。'说着，他便顺从地下了车，没说什么别的话。我估摸着，他一定以为我们已经到了他之前说的那个郝丽德旅馆。他还是有点不清醒，脚步虚浮，我得全力扶着他，才不会让他摔跤。来到门口，我用钥匙开了门，领着德雷伯走进了作为餐厅的前屋。我可以发誓，这一路上，福瑞厄父女都缓缓地走在我们前面。

"'太黑了。'德雷伯一边说，一边焦躁地胡乱踩脚。

"'哦，稍等一会儿，马上就亮了。'我划燃一根火柴，点亮了一支随身带来的蜡烛。我举起蜡烛，靠近自己的脸，对着德雷伯说，'现在，易璐克·德雷伯，看看站在你面前的人是谁！'

"他醉眼蒙眬，歪着脑袋看了我很久，突然，他似乎认出了我，脸上渐渐现出极端惊恐的神色。他的脸都开始痉挛了，看上去面如

死灰。他踉跄着一直往后退，大颗大颗的汗珠从额头滚落到眉毛之上，他的上下牙齿正在不住地打战，咯咯作响。见他如此，我不由得靠在门上狂笑不止。我一直都知道，报仇雪恨的瞬间最是畅快，却没想到竟是这样大快人心！

"我开口说道：'混账东西！你知不知道，从盐湖城到圣彼得堡，我一直在追踪你，但都让你给逃了。现在，你的逃亡就要结束了，因为今天，咱们两个不是你死就是我亡，总有一个将再也看不到明天的太阳！'我看见他一边听我说，一边不自觉地往后退。我知道，他一定以为我正在发疯，我也的确是快疯了，我感觉到自己太阳穴附近的血管正在剧烈地跳动，就像铁匠挥舞着铁锤一般，几乎就要爆炸了。如果不是当时我流了很多鼻血，放松了一下我的血管，我深信我会当场发病，暴毙而亡。

"我吼道：'你说，你知不知道露西·福瑞厄现在怎么样了？'我锁上房间的门，然后举起钥匙，在他眼前晃来晃去，说：'虽然这是一场迟来的审判，迟了太久，但好歹是来了，你逃不掉了！'我看见他的嘴唇正在不停地发抖，我知道他怯懦了，他想求饶，但他也非常清楚，无论自己怎么求饶都是没有用的。

"他说话开始结巴：'你，你这是谋杀！'

"'谋杀？哼，谋杀可谈不上，我只不过是在处理一只疯狗，怎么能说是谋杀呢？'我继续说，'当你把我可怜的露西从她父亲惨遭杀害的现场拖走的时候，当你把她推到你那卑鄙无耻的婚房里

的时候，你可曾产生过一丁点慈悲和怜悯之心？'

"德雷伯开始辩驳：'我没有杀她父亲，不是我杀的！'

"'但是你蹂躏了她纯洁的灵魂。'我愤怒了，伸手拿出一盒药丸，推到他面前，说，'把决定权交给上帝吧，让他来裁决我们两个到底谁生谁死。这两粒药丸，一粒有毒，一粒无毒。你挑一粒，剩下的一粒是我的。我们等着看吧，看看老天到底是有眼还是无眼，看看这世界还有没有公道可言，又或者是谁的运气更好些！'

"他被吓到了，开始往边上躲，嘴里狂吼乱叫着，拼命哀求我饶他一命。我哪里能放过他，我拔出一把刀，架在他的脖子上，直到他顺从地吞下其中一粒药丸，然后我吞下了剩下的一粒，这才把刀放下。我们死死地盯着对方，一声不响地站在那儿。过了大概2分钟，我从他的脸上看到了痛苦和挣扎，我知道，毒药被他吞了。我永远不会忘记他当时的表情，我怎么能忘呢？我开始狂笑，并拿出当年从露西的手指上取下的结婚戒指，举到他面前。只过了一小会儿，生物碱的药性就发作了，痛苦使得德雷伯的脸开始痉挛、扭曲，他的双手拼命往前伸，还不停地摇晃，最后，他惨叫一声，倒在地上，一动不动了。我用脚把他翻转过来，用手摸了摸他的胸口，他的心脏不跳了。哈哈，他终于死了！

"我的鼻血还在往外涌，但我并不在意。因为此时正值大仇得报，我的心情非常愉快，而且有个想法突然出现在我的脑海里。我用手指蘸着血，在墙上写了一个单词。可能是出于一种恶作剧的心

理，也可能是想给伦敦警察布些疑阵，我想起了纽约发生过的一起谋杀案。在案子中，死者是一个德国人，身上用德语写着'RACHE'一词。当时的各大报纸都说那是一个秘密党派的所作所为。这个词迷惑了纽约警察，应该也能迷惑伦敦警察。写完之后，我就回到了我的马车附近。看看周围，依然是一个人影都没有，依然是风雨交加。我赶着马车出发了，过了一会儿，我习惯性地把手伸进放露西的戒指的口袋，没了，戒指没了！我大吃一惊，那枚戒指可是露西唯一的遗物，我宁愿失去所有也不愿失去它！我想了想，可能是在我弯腰检查德雷伯的尸体时，不小心掉落了。我连忙把马车往回赶，在靠近那栋空屋的一条横街上停了下来。我下了马车，壮着胆子走向空屋，不想却和一个刚从里面出来的巡警撞上了。情急之下，我只好装成烂醉如泥的样子，以免被人怀疑。

　　"以上就是我杀害易瑙克·德雷伯的全过程。接下来，我要做的就是如法炮制，对付司特吉逊。如果成功，约翰·福瑞厄的大仇就算报了。我知道司特吉逊住在尤思顿车站附近的郝丽德旅馆内，于是，我潜伏在那家旅馆附近，伺机下手。可是，一整天过去了，他一直没有出现。我猜测，肯定是因为德雷伯迟迟不回，司特吉逊感到事情不对劲了。他的确非常狡猾，而且一直非常谨慎，时时刻刻都在防备着我的复仇。但是，如果他认为只要躲在房间里不出门，就能逃过我的追杀，那他真的就错得太离谱了。我很快就查到了他房间的窗户，并且在第二天一大早，竖起了旅馆后面的小路上一直平放着的一架梯子。趁着晨光熹微，我爬进了他的房间，叫醒他，告诉他，他身上还欠着一条人命，现在到了他血债血偿的时候了。我还将德雷伯的情况告诉了他，让他像德雷伯一样，挑选一粒药丸服下。他不肯，径直从床上跳起来，直向我的咽喉刺来。我出于自卫，一刀刺入他的心脏。无论方法如何，结果是注定的，我总算报了我的深仇大恨。我相信，老天爷绝对不会让司特吉逊那只沾满鲜血和罪恶的手挑中那粒无毒的药丸的。

　　"我说得差不多了，哦，还有几句，我还是把话说完吧。我知道自己快不行了。杀了司特吉逊后的一两天，我又出去赶车了，因为我想再努力一把，攒够回美洲的路费。那个破衣烂衫的少年来打听我的时候，我正将马车停在广场上。少年说想找一位名叫杰斐逊·霍普的车夫，还说有个住在贝克街221号B的先生想雇用这个车夫。我没有丝毫怀疑，立刻跟着少年来到了这里。之后发生的事情，我想大家都知道了。这位年轻人轻而易举就把我的手铐上了，非常干脆利落，实为我平生罕见。

　　"好了，各位，以上就是我要说的全部经历了。你们大可把我看成一个杀人凶手，我不介意，虽然我自认为我和在场的各位一样，不是违法者，而是一个执法者。"

这个故事太惊心动魄了，而讲述者的态度又是这样令人印象深刻。在场的每一个人都听得入了迷，就连那两个阅历丰富的官方侦探也不例

外。霍普讲完之后良久，我们都静静地坐在那儿，没有说一句话，屋子里非常安静，只回响着雷斯瑞德记录供词时铅笔在纸上发出的沙沙声。

最后，还是福尔摩斯开了口，他问道："我还想知道一点，就是我在报纸上登载失物招领的启事之后，来取戒指的那个人是你的同党吧？他究竟是谁？"

霍普冲福尔摩斯得意而调皮地挤了挤眼睛，说道："我只会招认关于我自己的事，不会连累别人的。老实说，看到你的失物招领启事后，我也曾怀疑过这或许是个陷阱，但我又不愿放弃哪怕一丁点希望，也许你手上的戒指真的就是我想找的那枚。我有个朋友，他主动提出要帮我的忙，说想试一试。我想，就连聪明如你也不得不承认，他将这件事办得非常漂亮！"

"确实。"福尔摩斯老实承认。

这时，对面做记录的警官正色说道："好了，各位。我们必须严格遵守法律程序。法庭对这个罪犯的审讯将于本周四开庭，届时，在场的各位都要出席。在此之前，他必须由我负责看管。"说完，他按了按铃，两个看守出现了，他们带走了杰斐逊·霍普。我和福尔摩斯则离开了警察局，叫了一辆马车，回到了贝克街的寓所。

十四 尾 声

虽说那个警官已经事先通知我们，要我们在本周四出席对霍普的法庭审讯，但到了周四却突然没我们什么事了。杰斐逊·霍普已经被转到另一个法庭上去了，一位更高级别的法官受理了此案，他将会对霍普开展一场非常公正的审判。

原来，霍普在被捕的当晚就突然发病了，他的动脉血瘤爆裂了，狱警在第二天一早发现他静静地躺在地板上。当时，霍普的脸上只有平和的笑容，也许是因为他在临终时回顾了自己的一生，发现自己并未虚度时光，大仇得报，心愿已了，所以才会露出那样的笑容。

第二天黄昏时分，我和福尔摩斯闲聊着这件事，他说："如果雷斯瑞德和格莱森知道他死了，指不定要气成什么样呢！他们可是失去了最好的自夸的本钱啊！"

我说："我倒没看出他俩在这件事上有什么贡献。"

福尔摩斯讽刺道："如今的社会，最重要的不是你做了什么，而是如何令人相信你做了什么。"说到这里，他停顿了一会儿，又接着说："不过，没关系，反正无论最终功劳算在谁头上，我是断然不会放过这

宗案子的。我认为，这是我迄今为止遇到过的最精彩的案子。它简单，却有很多值得引以为戒的地方。"

"简单！"我不由得重复了一下。

"确实非常简单。我想，除了'简单'这个词，再没有更合适的词来形容了。"福尔摩斯见我一脸惊讶，他又笑了，"你想想看，在这个案子中，我们没有借助任何人的帮助，只是做了一番司空见惯的推理，就在 3 天之内抓到了罪犯。这足以说明，这个案子实际上是非常简单的。"

"确实如此。"我说。

"之前我就对你说过，看似异于寻常的东西，一般都不会成为解决问题的阻碍，反而能成为一种助力和线索。在遇到这种异于寻常的问题时，最重要的是灵活运用推理方法，一步一步地追溯源头，往上推理——回溯推理。这项本领非常管用，而且很容易被掌握，只是人们很少在实践中运用它。一般情况下，人们会习惯于向前推理，所以常常忽略了回溯推理的用处。50 个能在综合事物的各个方面的基础上进行推理的人中，恐怕只有一两个人能够运用分析的方法进行推理。"

"说实在的，我并不是很明白你想表达的意思。"

"我不要求你能完全明白，不过，还是让我试着说明一下吧。你看，对大多数人来说，如果告诉他们一连串的事实，他们能推导出各种可能的结果。他们会将这一连串的事实在大脑中进行加工处理，思考一番，就能得出几种结果。但是，只有极少数的人，你告诉他一个结果，他能通过自身内在的意识，推导出产生这种结果的各个步骤。这便是我平时

提到'回溯推理'和'分析法'时一再强调的那种能力。"

"明白了。"我说。

"霍普的案子就是一个很好的例子。我们只知道事情的结果，其他的全得靠我们自己去发现。现在，我把我在这个案子中的推理过程说明一下吧，我尽量说得清楚明白，而且是从头开始。最初，我是走着进入那栋房子的，对吧？那时，我的意识中没有任何先入为主的观念，我肯定要从最外围的街道开始检查。正如我之前对你说的，我在街上清楚地看到了一辆马车经过的痕迹。经过一番分析，我断定痕迹是在夜里留下的。而通过观察痕迹，我发现左右两边的车轮间距相对较窄，由此我可以断定，这是一辆用于出租的四轮马车，而非私家用车。这是因为，在伦敦所有用于出租的四轮马车的车轮间距都要窄于私家用车。

"以上便是我观察到的第一个地方。接下来，我慢慢地走上门前花园中的泥泞小路。巧的是，这是一条用黏土和石子铺成的路，非常容易留下各种痕迹。也许在你看来，这不过是一条被踩得乱七八糟的泥土路，但是，在我看来，路上的每一处痕迹都有其意义。在侦探学中，足迹学是一项最重要却又最容易被忽视的学问，还好，我一向非常重视足迹学。经过多年的锻炼和实践，注重足迹的研究已经成为我的一种习惯了。在那些乱七八糟的脚印中，我既看到了警察们留下的沉重的靴子印，也看到了最初走过这条小路的那两个人的鞋印。他们的鞋印是最先留下的，这一点很好解释。因为很多迹象表明，他们俩的足迹已经被后来的脚印覆盖得几乎看不见了。这样，我推理的第二个步骤就出来了。这个步骤

说明，这栋房子的夜间访客有两位，一位体格非常高大——他的步幅说明了这一点；一位衣着精致时髦——这一点可以从他精致而偏小巧的鞋印推断出。

　　"屋内的情况印证了我的推断。那位脚穿小巧靴子的人正躺在地上。如果此案属于谋杀，那么，那位体格高大的人就是凶手。另外，死者身上找不到伤痕，脸上却是紧张而激动的表情，由此可以判断，他在临死时已经知道了自己的命运。这是因为，如果人是自然死亡的，比如死于心脏病或者其他突发病变等，他的脸上是无论如何也不会呈现出那种紧张而激动的表情的。我闻了闻死者的嘴唇，闻到了一股酸味，因此我就得出这样的结论：死者是死于中毒，而且是被迫服毒，因为他脸上的恐惧和愤恨说明了他是极不情愿服下毒药的。我就是利用这种淘汰一切不合理的假设的办法，最终得到了这个结论。因为其他假设都无法与眼前的事实相吻合。别以为这是破天荒的谬论，强迫服毒这种犯罪类型在犯罪年鉴中绝不少见，任何一位对毒物稍有研究的人都不会忘记奥德萨的多尔斯基案以及茂姆培利耶的瑞图里案。

　　"好了，现在我们需要说说'为什么'，这是一个大问题。我们知道，死者身上的钱财分文不少，这说明此案不是劫财。那么，或许是政治性案件？又或者是情杀？这个问题是我当时必须解决的。我比较偏向于后者，因为我知道，在一般的政治性谋杀中，凶手总是会选择立刻潜逃。可此案正好相反，这个凶手看上去非常从容，屋子里到处都是他的痕迹，他一直留在现场。这些都说明，这是一件仇杀案，因为只有仇杀才会让

凶手这样苦心安排和谋划。当墙上的血字被发现之后，我更加坚定我的判断了。这显然是凶手在误导警方。后来，我们发现了戒指，到了这一步，案子就可以基本定性了。我们可以很容易地推断出，凶手曾经用这枚戒指迫使死者回想起某位已故的或者不在此地的女性。记得吗？我曾经就这个问题问过格莱森，我问他，发给克利夫兰市的电报里是否提到过什么关键性的问题，就是有关德雷伯的过去的。他当时坚持回答说没有。

"之后，我开始仔细查看屋内的情况。结果表明，凶手确实是个大高个儿。还有一些其他细节，比如印度雪茄，比如凶手的指甲很长等。由屋内没有打斗痕迹这一点可以推断出，地上的血迹是凶手过于激动时流的鼻血。因为我发现，只要是有血迹的地方就有他的脚印。如果他不是一个血液过于旺盛的人，是不会在情绪激动时流这么多鼻血的。所以，我大胆推测，凶手应该是个身强体壮、面色很红的人。事实证明，我的推测没有错。

"离开空屋，我去做了一件格莱森该做却没做的事。我重新给克利夫兰市的警察局长拍了一封电报，电报里只询问了一下易瑙克·德雷伯的婚姻问题。局长发回的电报给出了明确的答案，说德雷伯曾经指控一个名叫杰斐逊·霍普的昔日情敌，说霍普威胁到了他的生命安全，他还为此申请过法律保护，而这个霍普目前正在欧洲。现在，事情清楚了，我已经掌握了此案的全部秘密和线索，剩下的就只是如何确保抓住这个凶手了。

"其实我心中早有定论，我认为和德雷伯一起走进空屋的不是别人，

正是为他赶车的车夫。因为街道上的一些痕迹说明，那辆马车的马曾经自由行动过一段时间。如果是有人驾驭的马，是不会出现这种情况的。那个车夫如果不在空屋中，还能去哪儿呢？此外，只要他是个心智健全的人，就不会在极有可能泄密的第三者面前实施自己谋算多年的复仇计划，不然他就真的太可笑、太荒唐了。最后，一个人要想长期跟踪另一个人，除了做马车夫外，我想不出更好的办法。综合这些问题，我得出了这样的结论：杰斐逊·霍普这个人一定就混迹在伦敦的出租马车车夫当中。

"如果霍普之前一直做车夫，那么他没有理由突然辞职。他反而应该继续做这一行，而且至少持续一段时间，才能避免引起别人的注意和怀疑。再者，如果你认为他使用的是化名，这也说不通。在一个没人知道自己真实身份的城市里，他有什么必要更名改姓呢？于是，我发动我的贝克街侦查小分队，让他们有步骤地探听伦敦各大马车行的消息，直到找到这位名叫杰斐逊·霍普的车夫为止。你看，他们的工作做得多么漂亮！这只小分队真的非常便捷，而且高效，我想你应该还记得他们的出色表现。至于司特吉逊被杀一事，我确实是没有料到。不过，很多时候，意外事件总是避免不了的。最后，说到那两粒药丸，我找到了它们，我早就知道这样东西一定会出现的。好了，你看，这个案子前前后后的逻辑是不是都连上了？它就是一条不间断的推理链条。"

"太棒了！简直绝妙至极！"我情不自禁地喊道，"你应该将你的这些本领公之于众，这样大家就都知道你的才华了！这个案子应该发表

出来，如果你自己不愿意，我可以帮你发表。"

"随便你了，华生。"福尔摩斯一边说，一边朝我递过来一张报纸，"不过，我建议你先看看这个，看看吧。"

原来是今天的《回声报》，我顺着他的手指看过去，报上写道：

由于霍普的突然死亡，社会上少了一件骇人听闻的饭后谈资。霍普是涉嫌谋杀易瑙克•德雷伯和约瑟夫•司特吉逊两位先生的在押候审嫌犯。虽然我们已从有关部门得知，此案属于一件颇有年头的桃色纠纷，涉及爱恨情仇和摩门教等。但是，随着嫌疑犯的死亡，案件的真实内幕恐怕也会随之永远埋藏于地底了。据了解，两位死者年轻时都曾是摩门教徒，而这位已故的嫌犯也来自摩门教总部盐湖城。若说此案没有什么别的作用，也不完全正确，它至少表明了伦敦警方破案是如何神速，也向所有外籍人士提出警告，若有什么纠纷，还是在自己本土解决为好，千万不要带到我们大不列颠的领土上来。此案之所以破得如此神速，完全归功于苏格兰场的两位著名侦探——雷斯瑞德先生和格莱森先生。当然，这已经是众所周知的了。有可靠消息称，凶手是在一位名叫夏洛克•福尔摩斯的私家侦探家中被捕的，这位私家侦探在整个过程中，表现出了一定程度的破案才能，相信他在两位著名官方侦探的教导之下，将来必有一番成就。据估计，两位侦探将获得当局颁发的某种荣誉，以示奖励……

福尔摩斯
探案全集
血字的研究

"哈哈，我开始是怎么说的？"福尔摩斯大笑起来，说道，"看看，这就是咱们给'血字的研究'一案做出的所有贡献：为两位侦探挣得了所有功劳和褒奖。"

"不妨事，"我说，"事情的全过程我已经一五一十地记在笔记本里了，社会早晚会知道事情真相的。现在，既然案子已经告破，你就该知足啦！还记不记得罗马守财奴的名言？他说：'笑骂由你，我自为之；家藏万贯，唯我独享。'"